작가처럼 써라

일러두기

작가들의 글은 해당 원문을 그대로 전재全載했다. 다만 설명의 편의상 원문을
다소 변형하거나 요약하거나 일부를 생략하기도 했다.

이 광활하고도 지루한 세상에서
최고의 글쟁이가 되는 법

작가처럼 써라

정제원 지음

왜 모든 사람은
글을 잘 써야 합니까?

나는 지금까지 10여 권의 책을 세상에 내놓았다. 그럴 때마다 탈고를 하고 몇 차례 교정을 보고 마침내 책을 마무리할 때면, 언제나 내 글쓰기에 대해 부끄러운 생각이 들었다. 그래서 이참에 이 책을 또 세상에 내놓는다. 여전히 부끄럽지만 한 가지 위안거리가 있다. 글쓰기 교과서를 갖게 되었기 때문이다. 이 책은 글쓰기 초심자들을 위해 썼지만, 나 자신에게도 소중한 비망록이 되어줄 것이다.

시중에 나와 있는 글쓰기 책은 수없이 많다. 거기에 책 한 권을 더 보태는 이유는 '단락 쓰기'를 본격적으로 다룬 글쓰기 책이 드물어서다. 글쓰기는 기본적으로 '단락 쓰기'부터 공부하는 것이 옳다는 믿음이 나에게 이 책을 쓰게 만든 셈이다.

제1장 「처음을 어떻게 쓸 것인가?」에서는 도입 단락을 쓰는 방법을, 제2장 「중간을 어떻게 쓸 것인가?」에서는 단락을 이어 쓰는 방법을, 제3장 「마무리를 어떻게 쓸 것인가?」에서는 마무리 단락을 쓰는 방법을 소개해놓았다. 물론 단락 쓰는 방법을 몇 가지로 한정하는 작업은 불가능한 일일지도 모른다. 그러나 글쓰기 초심자들을 위해 유익한 것들을 추리는 일은 나름 유의미하다고 본다. 기본적인 방법들을 익혀서 더 다양한 방법들을 발견하거나 계발할 수 있기 때문이다.

좋은 문장 하나를 쓰기도 벅찬 글쓰기 초심자들에게 좋은 단락을 쓰는 연습은 분명 힘겨운 일이다. 하지만 처음부터 좋은 단락을 쓰는 데 익숙해지고 나면, 결국은 좋은 글을 쓰는 데 도달하는 기간을 훨씬 단축할 수 있다. 따라서 글쓰기 초심자들은 처음 고생을 감내할 필요가 있다.

이 책은 단락 쓰기 방법을 설명하고, 적당한 예문을 들고, 구체적으로 논의하는 형식을 취했다. 이 책을 쓰면서 내가 한 일은 좋은 예문을 찾은 것밖에 없다는 생각이 든다. 내로라하는 유명 작가들의 수백 권의 책을 뒤지며 좋은 예문을 찾는 일이 가장 중요했고, 가장 힘들었다. 이 책에서 제시한 예문들만 주의 깊게 읽어도 매우 유익한 글쓰기 방법을 얻을 수 있을 것이다. 훌륭한 작가들의 글을 직접 익히는 것만 한 글쓰기 방법이 어디 있겠는가? 초심자들을 위해 글쓰기 책을 세상에 내놓는 사람으로서 이 점만큼은 보람을 느낀다.

글쓰기! 참 문제적 화두다. 누군가가 "왜 모든 사람은 글을 잘 써야 합니까?" 하고 묻는다면, 나는 답할 수 없다. 특별한 직업인을 제외한 사람들 대부분은 반드시 글을 잘 쓰지 못해도 상관없다고 생각하기 때문이다. "글을 잘 쓰고 싶은데, 어떻게 시작하는 것이 좋을까요?" 하고 묻는다면, 당당하게 답할 수 있다. '반드시' 좋은 글쓰기 책과 함께 '제대로' 공부하라고. 이 책도 그중 한 권일 수 있기를 소망한다.

2014년 여름
정제원

차 례

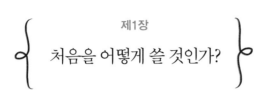

제1장

처음을 어떻게 쓸 것인가?

첫 줄을 쓰는 것은 어머어마한 공포이자 마술이며,
기도인 동시에 수줍음이다.

존 스타인벡 John Steinbeck, 1902~1968

단순하게 써라

모든 것은 가능한 한 단순하게 만들어져야 한다.
그러나 그것도 그렇게 간단하지만은 않다.

— 알베르트 아인슈타인(독일의 물리학자)

『안나 카레니나』는 "행복한 가정은 모두 닮았지만, 불행한
가정은 모두 저마다의 이유로 불행하다"를, 『모비딕』은 "내 이
름을 이슈메일이라고 해두자"를, 『이방인』은 "오늘 엄마가 죽
었다"를, 『논어』는 "즐겁게 공부하고 때때로 복습도 해보자"를
첫 문장으로 하고 있다. 대부분 글의 시작은, 문장이든 단락이

든 이렇게 평범하다. 비범하게 평범하다.

　　우리는 작가가 되는 일에 터무니없는 환상을 가지고 있다. 말을 하는 건 대수롭지 않게 여기지만, 글을 쓰는 것이 대단한 일인 것처럼 티를 낸다. 글쓰기는 힘들고 괴로운 일이라고 짐작한다. 그러면서 글을 쓸 시도조차 하지 않는다. 글을 쓰더라도 생각보다 글이 쉽게 쓰이면, 글쓰기를 멈추고 굳어버린다. 또 자신이 쓰고 있는 게 뭐든지 그건 진짜 글쓰기가 아니라고 생각한다.

미국의 작가 줄리아 카메론의 『나를 치유하는 글쓰기』에 실린 글 중 하나인 「작가의 삶도 평범하다」의 도입 단락이다. 이 글은 작가를 멀찌감치에서 오랫동안 동경했거나 '진짜 작가적인 모습'에 대한 어떤 환상을 가진 글쓰기 초심자들에게, 글쓰기는 특별한 사람의 일이 아니라 평범한 사람의 일이라는 점을 일러준다.

이 글을 봐서는 "작가의 삶도 평범하다"를 넘어 "작가의 글도 평범하다". 그 어떤 독자도 이의를 제기할 일 없어 보이는 그저 평범한 생각을 적어놓은 단락이다. 이렇듯 일상 속에서 문득 떠오르는 '독자가 동의할 만한 간소한 자기 생각'을 쓰는 것이야말로 글쓰기 초심자들이 도입 단락 쓰기에서 가장 먼저 익혀야 할 일이 아닐까 한다. 카메론은 이 글 다음의 두 단락에서 글을 쓰는 자신의 일상 한 토막을 이야기해주며, 작가에 대한 환상이 허구임을 다시 한 번 강조한다.

가령 나는 좋은 친구 도리와 함께 저녁을 먹었고, 그다음엔 〈일 포스티노〉 비디오를 함께 보고 밤이 되기 전에 도리를 배웅하고선 어슬렁거리며 서재로 들어가 글을 조금 썼다. 그때 나의 애견 맥스웰은 내 발밑에 웅크리고 있었다. 이런 삶을 작가의 삶이라고 하기엔 뭔가 너무 일상적이고, 수월하고, 평범해 보인다. 일반적인 사람들의 삶과 흡사하기 때문이다. 그저 글쓰기를 중간에 끼워 넣었을 뿐이다. 하지만 이게 분명 작가가 사는 방식이라면? 누구나 글을 쓸 수 있다.

소설가이자 시인, 시나리오 작가, TV 프로듀서, 영화감독, 문예창작 강사, 작곡가 등 다재다능한 예술가로 왕성한 활동을 하고 있는 카메론의 일상은 이렇듯 평범하기 짝이 없다. '진짜 작가의 모습'이 정말로 있는 것인지는 잘 모르겠지만, 굳이 있다면 그것은 비범한 경험이라기보다는 평범한 일상 속에 감춰져 있을 것이다.

카메론은 「작가의 삶도 평범하다」의 후반부에서 글쓰기 초심자들이 절대로 가져서는 안 되는 성급한 생각도 지적해주고 있다. '초고'에서부터 보석 같은 글을 쓰고자 하는 생각 말이다. 그러니 초고부터 성급한 마음을 가져서는 안된다. 작가의 삶이 아무리 평범하다 해도, 글을 쓰는 과정마저 마냥 평범하기야 하겠는가.

다시 「작가의 삶도 평범하다」의 도입 단락으로 돌아가 보자. 아무리 읽고 또 읽어도 전문가만이 보여줄 수 있는 높이와 깊이를 찾아볼 길이 없다. 한마디로 평범함 그 자체인 문장으로 이루어진 단락이다. 카메론은 자신의 창의적 생각을 보란 듯이 자랑하고 있지 않다. 자신이 남들은 잘 모르는 글쓰기의 묘책을 알고 있고, 그 묘책을 비범한 독자에게만 전수해주겠다고 작정한 듯 난해한 문장 속에 담고 있지도 않다.

그저 수수한 느낌만을 주는 이 도입 단락은, 그저 수수한 느낌만을 준다는 바로 그 점에서, 전문가의 손길이 여러 차례 간 글임이 틀림없다. 퇴고를 거듭하면서 글쓴이의 욕심이나 교만이 평범하고 수수한 생각에 밀려 지면에서 자취를 감출 때, 글은 비로소 독자들의 동의를 무리 없이 구할 수 있기 때문이다. 글쓰기 초심자들이 가장 먼저 명심해야 하지만, 가장 나중에야 깨닫게 되는 것이 바로 평범하고 수수하게 글을 쓰는 일이 결코 쉽지 않다는 점이다. 카메론이 글쓰기 초심자들에게 희망과 용기를 주기 위해 쓴 「작가의 삶도 평범하다」의 도입 단락을 아무럼 애견 맥스웰과 놀 듯 간단히 썼겠는가?

윌리엄 진서의 『글쓰기 생각쓰기』에 실린 글 중 하나인 「간소한 글이 좋은 글이다」의 도입 단락을 살펴보자. 작가이자 글쓰기 교수인 진서의 이 책은 글쓰기 초심자들에게 지난 수십 년 동안 꾸준히 사랑받아온 고전이라 할 수 있다.

사람들은 대체로 글을 난삽하게 쓰는 병이 있다. 살다보면 불필요한 단어, 반복적인 문장, 과시적인 장식, 무의미한 전문용어 때문에 숨이 막힐 때가 한두 번이 아니다.……사람들은 대체로 뭔가 있어 보이기 위해 말을 부풀리는 경향이 있다. 잠시 후 상당한 양의 강우가 예상된다고 말하는 비행기의 기장은 비가 올 것 같다고 말할 생각을 하지 않는다. 문장이 너무 간소하면 뭔가 잘못됐다고 생각하는 것이다.

윌리엄 진서의 「간소한 글이 좋은 글이다」는 시작부터 '간소한 글이 좋은 글'이라는 점을, 비행기 기장의 예를 들어 일깨워주고 있는데, 읽기도 쉽고 재미도 있다. 카메론의 글과 마찬가지로 이 글 역시 독자들이 쉽게 동의할 만한 글쓴이의 생각이 평이하게 기술되어 있는 셈이다. 그렇다면 간소한 글, 즉 좋은 글을 쓰는 비결은 무엇일까? 진서는 다음 단락에서 이 물음에 답하고 있다.

좋은 글쓰기의 비결은 모든 문장에서 가장 분명한 요소만 남기고 군더더기를 걷어내는 데 있다. 아무 역할도 하지 못하는 단어, 짧은 단어로도 표현할 수 있는 긴 단어, 이미 있는 동사와 뜻이 같은 부사, 읽는 사람이 누가 될 하지 있는 것인지 모르게 만드는 수동 구문, 이런 것들은 모두 문장의 힘을 약하게 하는 불순물일 뿐이다. 그리고 이러한 불순물은 대개 교육과 지위에 비례해서 나타난다.

'군더더기 걷어내기.' 말이 쉽지 상당한 훈련이 필요하다. 우선 글을 쓰고자 하는 이는 생각을 명료하게 해야 한다. '군더더기'가 남아 있는 글은 십중팔구 글쓴이 자신이 무엇을 쓰고자 하는지에 대한 생각이 불명료한 상태에서 쓴 것이다.

우리는 글쓴이의 교육과 지위에 비례해서 그러한 군더더기가 많이 보인다는 진서의 지적에 주목할 필요가 있다. 지식을 자랑하고자 하는 명예욕이나 높은 지위로 인해 자신도 모르게 생겨난 권위의식은 독자들이 쉽게 공감하는 글을 쓰는 데 방해가 된다는 것이다. 글쓰기에 처음 도전하는 사람이, 초라한 지식이나 지위밖에 가진 것이 없다면, 좋은 글을 쓰는 데 일단 합격이다.

다시 윌리엄 진서의 글로 돌아가 보자. "사람들은 대체로 글을 난삽하게 쓰는 병이 있다." 참으로 공감이 가는 문장이다. 전자제품이나 내복약 사용 설명서를 보고 도무지 사용법을 익힐 수 없었던 경험은 없는가? 국세청 홈페이지에서 이런저런 종류의 세금 납부 업무를 안내하는 글을 읽다가 포기하고 세무사를 찾아갔던 경험은 없는가? "잠시 후 상당한 양의 강우가 예상된다고 말하는 비행기의 기장은 비가 올 것 같다고 말할 생각을 하지 않는다"는 진서의 말에 고개가 끄덕여질 것이다.

물론 군더더기를 걷어낸 명료한 문장은 쓰기 어렵다. 따라서 카메론의 글이 그랬듯이 진서의 글 역시 결코 쉽게 쓰였을 리 없다. 거듭되는 퇴고를 거치지 않고는 얻을 수 없는 것이 바로 명료한 문장이기 때문이다. 겨우겨우 초고를 쓰긴 썼는데, 그다음에 무엇을 어떻게 고쳐야 할지 막막하기만 한 글쓰기 초심자들은 퇴고를 쉽게 포기할 수 있다. "나에게는 글쓰기 재능이 없구나!" 하지만 이는 진실과 거리가 멀다. 오랫동안 글쓰기를 가르쳐온 진서는 충고한다. "글쓰기가 힘들다고 느낀다면, 그것은 글쓰기가 정말로 힘들기 때문이다." 재능을 탓할 일이 아니라는 말이다.

줄리아 카메론의 생각과 윌리엄 진서의 생각은 다른 듯 같은 메시지를 담고 있다. 분명 글쓰기는 대단한 재능 혹은 높은 교육 수준과 지위를 요구하는 작업이 아니다. 글쓰기 전문가든 초심자든, 똑같이 평범한 삶을 산다. 다만 전문가와 초심자의 차이는 바로 '퇴고'에 있다. 독자와 공감할 수 있는 자신의 생각으로 도입 단락을 간소하게 장식하고, 글의 나머지 단락들을 도입 단락에서 기술한 생각의 연장선상에서 끌고 나갈 수 있는 힘은 여러 차례의 '퇴고'에서 나오는 것이다. 글은 아무나 '쓸' 수 있지만, 아무노 '쉽게 쓸' 수는 없다.

녹자늘과 처음 만나서 나누는 인사라 할 수 있는 도입 단락은 더욱 '쉽게 쓸' 수 없다. 독자들은 아직 글쓴이와 글쓴이의 글이 낯설다. 따라서 글쓴이의 바람과 달리 도입 단락을 호의적으로 읽지 않을 수도 있고, 글쓴이의 생각에 공감해보려는 노력도 그다지 기울이지 않을 수 있다. 그런 면에서 시작이 반이라는 말은 도입 단락 쓰기에 아주 적절하게 적용된다. 그런 사정을 잘 알고 있는 줄리아 카메론과 윌리엄 진서가 도입 단락을 신중하게 썼으리라는 점은 짐작하기 어렵지 않다.

한국 한문학과 관련한 다양한 저술로 탁월한 인문 교양 글쟁이로 인정받고 있는 정민은 자신의 스승 이종은과의 에피소드를 들려주며 '글 잘 쓰는 법'에 대해 이야기한 바 있다.

오래전 정민이 한시를 번역할 때였다. 번역하려는 문장은 "空山木落雨繡繡(공산목락우수수)"라는 글귀였다. 정민은 이렇게 번역했다. "텅 빈 산에 나뭇잎은 떨어지고 비는 부슬부슬 내리는데." 이 글을 본 스승은 정민에게 대뜸 "야, 사내자식이 왜 이렇게 말이 많아?"라고 면박부터 주었다. 그러고 나서 '쏜(빌공)' 자를 손가락으로 짚더니 물었다. "여기 '텅'이 어디 있어?" 정민의 해석에서 "텅"을 지웠다. 그다음 스승은 번역문 속 "나뭇잎"에서 '나무'를 빼버리며 다시 물었다. "잎이 나무인 것을 모르는 사람도 있나?" 다음에는 "떨어지고"에서 다시 '떨어'까지 지웠다. "부슬부슬 내리고"에서는 '내리고'를 덜어냈다. 남은 문장은 "빈 산 잎 지고 비는 부슬부슬."

정민은 새삼 스승이 준 가르침을 곱씹었다. "그때 큰 충격을 받았죠. 그 뒤로 글쓰기에 많은 영향을 받았어요." 정민은 불필요한 것들만 줄여도 글이 달라진다고 강조했다.

그렇다. '불필요한 것들을 줄이기'가 바로 글쓰기의 핵심이다. 그 '불필요한 것들'이 '억지나 과장, 불필요한 감정이나 논리'를 만들기 때문이다. 정말로 글을 잘 쓰는 이는 독자의 공감을 얻기 위해 편하게 읽히는 글을 쓰려고 노력하고, 간결한 자기 생각과 사실 설명 이상을 글쓰기의 목표로 삼지 않는 겸손한 사람이다.

그렇다면 불필요한 것들을 어떻게 줄일 것인가? 우선 문장은 되도록 단문을 쓴다. "여기는 비가 오고 있는데, 이런 날씨엔 유난히 당신이 그리워지면서, 내 마음은 한없는 외로움의 나라로 떨어져요"는 그냥 "여기 비 와요……" 하면 된다. 연애 경험이 약간이라도 있는 독자라면, 이해할 것이다. 다음은 쓰고자 하는 단락 분량보다 두 배 정도 되는 글을 쓴 후 불필요한 부분을 지워나간다. 일반적으로 퇴고할 때 한 단락의 분량은 줄어들기 마련이다.

어쨌든 도입 단락에서부터 불필요한 것들을 줄이지 않으면, 즉 억지스러운 과장이나 불필요한 논리가 들어가게 되면, 나머지 단락들이 감당할 수 없을 정도로 거창해지거나 형편없이 초라해진다. 분명 불필요한 것들을 줄이는 퇴고는 지겹고 힘겨운 작업이다. 그 과정에서 자신의 생각과 글이 간단명료해지는 경험은 훗날 글쓰기의 커다란 자산이 된다.

남의 글을 훔쳐라

아무리 오래된 생각이고 자주 쓰인 표현이라도
그것은 그것을 가장 잘 말하는 사람의 것이다.

— 랠프 월도 에머슨(미국의 시인)

어떤 글을 읽고 감동 받은 문장에 밑줄을 그었는데, 그 밑줄 그은 문장이 대부분 인용문이라면, 그 글은 실패작이다. 인용은 도입 단락에서 쓰기에 매우 적당하지만 부담스러운 방법이기도 하다. 인용문이 명문일 경우는 더욱 그렇다. 도입 단락에 멋진 인용문 하나 던져놓는다고 해서 글의 품격이 공짜로 얻어지는 것은 아니다. 글이 품격을 갖추기 위해서 중요한 것은 멋진 인용문이 아니라 그 인용문과 자연스럽게 어우러지는 글쓴이 자신의 멋진 글이다. 그런 글을 읽을 때 독자들은 글쓴이의 글에 아낌없이 밑줄을 그어줄 것이다.

두툼하게 묶인 책 『현대미술 세기의 전환』을 뒤적이다 새삼스러운 대목 한 군데를 발견했다. 1992년 7월 서울에서 열린 '20·21세기 현대미술 심포지엄'의 내용을 담은 이 책에는 미국의 평론가 한 명이 "예술과 대중의 소외를 어떻게 보느냐"라는 질문에 이렇게 답하는 부분이 실려 있다. "잭슨 폴록 같은 대가도 처음에는 대중잡지의 푸대접을 받았다. 그를 가리켜 'Jack the dripper'라고 빈정댔다."

손철주는 'Jack the dripper(질질 흘리는 잭슨)'라 비난 받던 미국 화가 잭슨 폴록이 광포한 영혼의 환쟁이에서 20세기 현대미술사에 길이 남을 위대한 화가로 인정받게 된 이야기를 담은 「서부의 붓잡이 잭슨 폴록의 영웅본색」의 도입 단락에서 미국 평론가 한 명의 글을 인용하고 있다. 이렇듯 도입 단락에서 특정인의 말이나 글을 인용할 경우, 바로 그 인용문이 글 전체의 메시지를 함축적으로 보여준다. 「서부의 붓잡이 잭슨 폴록의 영웅본색」의 마무리 단락 마지막 문장을 보면 이를 알 수 있다.

"멀리 가고 오래 남는 이름은 악평 속에 자란다."

도입 단락에서 인용문을 적절하게 사용하면, 글쓰기는 마무리 단락까지 쉽게 구성할 수 있다. 해당 분야의 전문가 혹은 저명한 학자나 작가의 인용문이 갖는 통찰력은 글쓴이를 그렇게 인도해 줄 수 있는 힘을 갖고 있기 때문이다. 그런 의미에서 글쓰기에 인용문을 적절히 사용하는 일은 제대로 익혀둘 필요가 있는 기술이다. 그래서 그런지 실제로 많은 작가는 인용을 정당화하는 편이다.

"좋은 문장을 처음 쓴 사람 다음가는 것은 맨 처음 그것을 인용하는 사람이다." 랠프 월도 에머슨의 말이다. "독창적이란 말을 사람들은 쉽게 입에 올리지만 그것은 도대체 어쩌자는 것인가. 내가 위대한 선인이나 동시대인들에게서 얼마나 많은 것을 득보고 있는지를 말한다면 남는 것은 얼마 되지 않을 것이다." 니체의 말이다.

인용이 정당화되는 조건에 대해서도 만만치 않은 말들이 있다. "나는 내 생각을 강조하기 위해서가 아니라면 남의 말을 빌리거나 하지 않는다. 꿀벌은 이 꽃 저 꽃을 빨아 꿀을 만든다. 그러나 그 꿀은 전적으로 꿀벌의 것이다. 마찬가지로 남에게서 빌려온 구절을 변형하고 혼합해서 자기 작품, 자기 판단으로 만들어야 한다." 몽테뉴의 말이다. "내가 아무것도 새로운 것을 말하지 않았다고 말하지 마라. 내용의 배치가 새로운 것이다. 같은 말도 배치를 달리하면 다른 사상을 형성하는 것과 같이 같은 사상이라도 배치가 다르면 다른 논지를 형성한다." 파스칼의 말이다.

인용은 잘하면 약이고 못하면 독이다. 특히 도입 단락에서 인용문이 등장할 경우 뒤따르는 나머지 글에 대해 글쓴이가 책임질 일은 많아진다. 인용문을 내용적으로 아주 자연스럽게 흡수했다고 평가받을 만큼 글쓴이 자신의 글이 그 인용문을 잘 포용해야 하기 때문이다.

글쓴이의 글 없이 오직 인용문만으로 도입 단락을 삼는 일도 허다하다. 대체로 인용문이 긴 경우이거나 인용문을 제시하는 일이 나머지 글 전체를 쓰는 일보다 중요한 경우에 그럴 수 있다. 도종환 시인의 「스승의 자리」 전문이다.

(가) "옛날, 배우는 사람에게는 반드시 스승이 있었다. 스승은 도道를 전하고 학업을 가르치며 의문을 풀어주는 사람이다. 의문이 있어도 스승에게 배우지 않으면 그 의문은 끝내 풀리지 않을 것이다. 나보다 먼저 태어나서 도를 깨우침이 나보다 앞선다면 나는 그를 스승으로 삼을 것이다. 비록 나보다 뒤에 태어났다 해도 나보다 먼저 도를 깨우쳤다면 그 또한 스승으로 모실 것이다. 그러므로 스승을 섬기는 데는 귀함도 없고 친함도 없으며 나이가 많고 적음도 없다. 오직 도가 있는 곳에 스승이 있는 것이다."

(나) 한유는 「사설師說」이라는 글에서 스승에 대해 이렇게 말했습니다. 인생의 진리를 전하고 학업을 가르치며 의문을 풀어주는 사람이 스승이라고 합니다. 단순히 지식만을 전하고 진학만을 위해 존재하며 기능적인 역할을 하는 사람이 아니라 인생에 대한 깨우침이 앞선 사람이 스승이라는 것입니다. 배우고자 하는 이들에게 어떻게 살아야 할 것인가 하는 가치를 가르치는 사람이라서 스승이라고 하는 것입니다. 단순하게 어떻게 먹고 살 것인가에 대한 것만을 가르치는 직업인이 아닙니다. 도가 있는 곳에 스승이 있다고 했습니다.

(다) 『대보적경』에서는 남을 가르치는 위치에 있는 사람이 갖추어야 할 여덟 가지 도리에 대해 이렇게 말합니다. "첫째 언행이 일치하여 어긋나지 않고, 둘째 어른을 존경해 가벼이 여기지 않고, 셋째 말이 부드러워 거친 데가 없으며, 넷째 자신을 낮추고 공손해서 늘 겸손하고, 다섯째 질박하여 아첨이 없고, 여섯째 인화를 닦아 비위를 맞추는 일이 없고, 일곱째 온갖 악이 없으며, 여덟째 사심 없는 마음으로 세상을 살아야 한다"는 것입니다.

(라) 스승 되기도 어렵지만 스승 노릇 제대로 하며 살기는 더 어렵습니다. 그러나 얼마나 많은 사람이 좋은 스승 만나기를 기대합니까?

도입 단락 (가)는 인용문이고, (나)는 그 인용문에 대한 풀이다. (다)는 또 대부분이 인용문이고, 마무리 단락 (라)에서 비로소 글쓴이인 도종환 시인의 목소리가 짧게 등장한다. 「스승의 자리」가 좋은 글인지 나쁜 글인지에 대해서는 이런저런 논란이 있을 수 있지만, 도종환 시인이 이 글을 쓰면서 도입 단락에 인용한 한유의 글과 (다)에서 인용한 『대보적경大寶積經』의 글을 소개하는 것 이상을 무리하게 바라지 않았다는 점은 확실한 것 같다.

인용으로 도입 단락을 쓰는 데 필요한 훈련은 특별할 것이 없다. 실제로 특정인의 말이나 글을 인용하는 도입 단락을 많이 써보는 것 외에. 그저 남의 글을 인용하기만 하면 되니, 인용으로 도입 단락을 쓰는 일이 겉보기에는 쉬워 보일 수도 있다. 하지만 막상 글을 쓰는 이에게는 결코 만만한 일이 아니다.

우선 적절한 인용문을 떠올리려면, 다양한 분야에서 각종 테마와 관련해 인용할 대목들을 확보해놓고 있어야 하기 때문이다. 결국 상당한 독서가가 아니라면, 더 적절한 인용문을 몰라 덜 적절한 인용문을 고른 뒤, 자신의 인용 능력을 자찬하는 어리석음을 피하기 힘들다. 도종환 시인의 글은 「사설」과 『대보적경』의 한 대목을 인용하고 있는데, 이것이 어디 아마추어의 솜씨인가?

적절한 인용문을 활용하는 데는 기술적 문제도 뒤따른다. 도종환 시인의 글과 같이 아예 인용문으로만 도입 단락을 삼는 경우라면 모를까, 손철주와 같이 자신의 글 속에 인용문을 적절하게 삽입하는 경우 그런 문제가 발생한다. 손철주야 알아주는 미술평론가이기 때문에, "잭슨 폴록 같은 대가도 처음에는 대중잡지의 푸대접을 받았다. 그를 가리켜 'Jack the dripper' 라고 빈정댔다"는 적절한 인용문을 자신의 글인 것처럼 자연스럽게 도입 단락 속에 삽입할 수 있었지만, 글쓰기 초심자들에게 이러한 자연스러움의 경지를 바랄 수는 없다.

그렇다면 인용으로 도입 단락을 쓰기 위해서 글쓰기 초심자는 어떤 노력을 해야 할까? 나는 명언집을 뒤적여 글쓰기의 핵심 주제가 될 만한 명언을 발견하면, 그 명언을 인용하면서 한 단락을 쓰는 연습을 하는 편이다. 그것은 인용 능력을 키우기 위해서다.

"모든 사람은 몸이라는 성전 건축자들이다."(헨리 데이비드 소로)
인간의 몸은 70조 개 이상의 많은 세포로 이루어져 있다. 작지만 아주 중요한 조직인 세포는 17세기 과학자 로버트 훅이 처음으로 '셀Cell(세포)'이라고 불렀다. 로버트 훅은 코르크 식물 조직의 내부 구조가 수도원의 수도승들이 사용하던 작은 방과 비슷하다고 생각했던 것이다. 고운 진흙으로 만들어진 인형에 신이 생기를 불어넣은 신화적 존재였던 인간의 몸이 세포로 이루어진 생물학적 우주의 축소판이 된 것이다. 하지만 몸이 신화적 상상력의 소산이든 과학적으로 규정된 메커니즘의 구현체이든, 인간의 몸은 '경건함'이라는 고귀한 존재 의의를 가진다. 헨리 데이비드 소로도 말하지 않았던가, "모든 사람은 몸이라는 성전 건축자들이다"라고. 성형 열풍이 불어닥친 지 10여 년, 몸이 철저히 자본화되고, 자본화된 몸이 점차 생존의 수단으로 전락해가는 요즘 세대에서야, 이미 내 몸이 내 몸이 아닌 듯해 섬뜩한 생각이 든다. 내 몸은 위대한 성전이니, 부디 내 몸을 경건하게 간직해야 할 것이다.

"생선과 손님은 3일이 지나면 상한 냄새가 나기 시작한다." (벤저민 프랭클린)

올해도 어김없이 시베리아 동토凍土를 떠나 구만 리 장천을 날아온 철새들이 우리나라 산하를 수놓고 있다. 겨울나기 군무群舞를 펼치는 철새들은, 흔히 '반가운 손님'으로 불린다. 봄이 되면 어김없이 제 고향으로 날아가 버리는 '야속한 손님'이기도 하지만, 그래도 우리나라의 강과 늪과 만灣을 잊지 않고 찾아주는 그들이 있어, 겨울은 겨울대로 정겨우니 이 얼마나 즐거운 자연의 이치인가! 하지만 시절이 하수상하여 생땅을 파고 강바닥을 긁어내는 일을 치수治水라 떠벌리는 통에, 그나마 '야속한 손님'마저 발을 끊게 생겼다. 벤저민 프랭클린은 "생선과 손님은 3일이 지나면 상한 냄새가 나기 시작한다"고 했으나, 그 상한 냄새가 그리울 날이 머지않았으니, 안타까운 마음이다. 철새는 '그리움의 힘'으로 날아온

30

다고 어느 시인은 노래했다. 철새에게 우리 산하가 더이상 그리운 곳이 아닐 날이 끔찍할 뿐이다.

이러한 연습이 무가치한 것은 아니나, 조금 더 멋진 인용법은 출전이 명확하지 않은 명언을 인용하는 것보다는 책을 읽고 밑줄 친 대목을 인용해 한 단락의 글을 쓰는 것이다. 손철주의 「서부의 붓잡이 잭슨 폴록의 영웅본색」처럼 말이다. 그는 『현대미술 세기의 전환』이라는 책을 뒤적이다 발견한 글 한 대목을 인용하지 않았던가. 여기서 글쓰기와 책읽기가 결코 둘이 아니라 하나임이 확실해진다. 우리는 모두 남들이 쓴 책에 밑줄을 긋고, 그 밑줄을 연장하는 글을 쓸 뿐이다. 나 역시 그러한 인용으로 한 단락을 쓰는 일을 꾸준히 연마하고 있다.

"그리워하는데도 한 번 만나고는 못 만나게 되기도 하고, 일생을 못 잊으면서도 아니 만나고 살기도 한다. 아사코와 나는 세 번 만났다. 세 번째는 아니 만났어야 좋았을 것이다. 오는 주말에는 춘천에 갔다 오려 한다. 소양강 가을 경치가 아름다울 것이다."

피천득 선생의 「인연」의 마지막 대목이다. 이 전설처럼 아름다운 인연 이야기의 피날레를 읽었던 어린 시절, 그땐 몰랐다, 아니 만났어야 좋았을 만남의 의미를. 인연을 짓고 잊고, 짓고 잊으며 이제 지천명知天命의 나이에서 지난 인생의 굽이굽이를 돌아보니,

짓지 않았으면 좋았을 시린 인연도 많았던 것 같다. 인연이 인간
사 모든 희로애락의 매듭이지만, 풀어주어야 할 매듭은 구름처럼
바람처럼 아득히 먼 하늘로 헤어져 주어야 하는 법. 인생은 그렇
게 상실의 세월을 아프게 살아내야 하는 법.

　"종일 헤매어 / 지친 애버러지 / 떨어져 시든 꽃잎 위에 엎드리
니 / 내일 떨어질 꽃잎 하나가 / 보다 못해 / 미리 떨어져 이불 덮
어주는 / 저녁답."
　유안진의 아름다운 시 「자비로움」 전문이다. 2012년도 오늘로
서 기억의 저편으로 사라져간다. 지친 애버러지같이 힘겹게 한 해
를 고군분투한 사랑하는 이들이여! 우리 서로에게 하루 미리 떨어
져 나보다 더 지친 애버러지 인생들의 차가운 몸을 덮어주자. 힘
든 삶의 전투에서 쓰러져 차갑게 식어가는 우리네 인생에서, 친절
과 자비는 때를 기다리기보다는 미리 주는 넉넉한 것. 다시는 오
지 못할 2012년을 보내고 2013년을 맞이하는 송구영신送舊迎新의
날, 우리의 가녀린 몸뚱이를 덮고 있던 마지막 꽃잎 하나 아낌없이
서로에게 나누어주며 새해를 맞자.

　어찌 보면 '도입 단락 쓰기'에서 소개하는 방식들이 반드시
'도입 단락'에만 쓸 수 있는 것은 아니다. 단락은 그 자체로 완
결된 존재로 앞뒤 모두에 연결되는 문門을 가지고 있다. 따라서

딱히 '도입 단락'을 염두에 두고, '인용'하며 글을 쓰는 훈련을
할 필요는 없다. 아무것도 염두에 두지 말고 내가 쓰려고 하는
단락에만 집중하는 것이 좋다. 내가 연습한 단락들을 꼼꼼히
읽어보면, 뒤에 쓸 단락뿐 아니라 앞에 쓸 단락도 많아 보인다.
도입 단락도 될 수 있고, 마무리 단락도 될 수 있고, 중간에 있
는 단락이 될 수도 있다.

객관적으로 써라

상상이나 억측에 비한다면 사실이라는 것이
얼마나 단순하고 마음에 편안한 것인가?

— 라이너 마리아 릴케(독일의 시인)

　"인간에게는 치명적으로 과한 것 세 가지와 부족한 것 세 가
지가 있다. 바로 말은 많고 아는 것은 부족한 것, 소비는 많고
가진 것은 부족한 것, 생각은 많고 가치는 부족한 것이다." 미
겔 데 세르반테스의 말이다. 글쓰기로 말하면 첫째와 셋째가
의미심장하다. 객관적이고 과학적으로 설명할 만한 지식은 부

족하면서 우주와 인생의 비밀을 아는 듯한 글쓰기, 가치를 판단할 깜냥이 안 되는 상태에서 자신의 오랜 생각을 신성하게 믿는 글쓰기. 그야말로 치명적 글쓰기다.

　　온돌은 방의 바닥 자체를 따뜻하게 하는 한국의 독특한 난방 방식이다. 온돌은 아궁이 · 고래 · 구들장 · 굴뚝으로 구성되어 있다. 아궁이는 불을 때는 곳으로서 방 밖에 있고 고래는 아궁이에서 땐 강한 불이 탈 때 생기는 열과 연기가 이동하는 통로이다. 구들장은 고래를 덮은 얇고 넓은 돌로 방바닥을 이루는 구조이다. 고래를 타고 온 열이 구들을 뜨겁게 달구어 방바닥을 덥히는 역할을 한다. 굴뚝은 고래를 타고 온 연기가 밖으로 빠져나가는 곳이다. 따라서 방 밖에 있는 아궁이에서 불을 때면 열과 연기가 고래를 타고 흐르며 방을 달구고 연기는 밖에 만들어둔 굴뚝을 통해 빠져나가게 된다. 이와 같이 온돌은 열의 전도 · 복사와 대류를 적절하게 이용한 장치이다.

이 글은 온돌의 구성 · 유래 · 변화, 보일러와의 동질성, 우리 민족의 전통적 온돌 문화를 객관적으로 설명해주는 「온돌」의 도입 단락이다. 이 글이 실려 있는 책은 『우리 문화 길라잡이』인데, 한국어판과 영문판이 있다. 외국인에게 우리 문화를 소개하는 책으로 이 책의 영문판은 안성맞춤이다. 그런데 영어에 제법 능숙한 한국 사람도 이 책의 영문판을 읽을라치면 상당한 어려움을 느끼게 된다. 아는 내용이 별로 나오지 않기 때문이다. 영어 실력이 부족해서가 아니라 한국 문화와 관련한 객관적 사실들에 너무도 무지하기 때문이다.

모르는 것은 허물이 아니다. 모르는 것을 아는 척하고, 아는 척하면서 자신의 궤변을 늘어놓는 일은 허물이 된다. 온돌 난방을 자랑하든, 온돌 문화가 우리 민족의 정서에 끼친 긍정적 영향을 설명하든, 선행되어야 할 일은 온돌의 난방 방식에 대한 객관적 사실을 정확히 아는 것이다. 우리 문화는 우리 문화이기 때문에 자랑스럽게 내세울 만한 것이 아니라, 우리 문화 자체가 객관적으로 우수하기 때문에 내세울 수 있는 것이다. 자랑이란 그렇게 하는 것이다. 객관적 사실을 설명하는 것으로 도입 단락을 삼는 글은 이후 단락들에서 이루어지는 설명이나 주장의 가장 든든한 토대가 되어준다. 사실fact은 힘이 세다.

이 글에서 볼 수 있는 객관적 사실보다 강력한 팩트는 바로 과학적 사실이다. 무지에 의한 오류 중 대부분은 과학적 사실에 대한 지식이 부족하거나 과학적 사실에 대한 지식을 무시하는 데 그 원인이 있다.

생명의 시작에서 탄생까지를 아주 간단히 요약해보자. 우선 질 안쪽 깊숙이 뿌려진 정자들은 떨어지는 순간 줄달음질을 시작한다. 물론 가능한 정자를 난자 가까이에 던져놓기 위해서 온 힘을 다해 깊숙이 삽입하여 정자를 뿌려 놓은 뒤다. 마라톤 출발을 알리는 총소리는 벌써 났다. 밀고 밀치고 야단법석이다! 난자가 있는 난관(나팔관, 수란관) 쪽으로 죄다 시끌벅적 떼 지어 올라간다. 말 그대로 걷잡을 수 없는 질주를 감행한다. 찬밥 신세가 되고 싶지 않거든 한달음에 달리고 또 내달려야 한다. 뒤떨어지면 끈 떨어진 뒤웅박 꼴이 되기에 그러지 않기 위해 눈물겹도록 최선을 다하는 씨앗들! 여기서부터 약육강식과 생존경쟁은 이미 시작된 것이다.

권오길이 쓴 「우리 모두 기적의 산물이다」의 도입 단락이다. 생명의 시작에서 탄생까지의 과정을 간단히 요약한 글인데, 「우리 모두 기적의 산물이다」가 어떤 글인지 잘 나타내주고 있다. 즉, 이 글은 약육강식과 생존경쟁 속에서 잉태된 하나의 생명이 세상에 탄생하기까지의 과정 하나하나를 살펴볼 것임을 시사하고 있다. 이렇듯 때로는 도입 단락이 글 전체의 내용과 성격을 독자에게 명확히 알려주는 수가 있다. 이럴 경우 읽는 묘미가 다소 떨어지는 단점이 있긴 하지만, 독자의 정확한 독해를 도와준다는 장점도 있다.

이 글을 읽으면 뒤에 어떤 단락들이 이어질지 쉽게 알 수 있다. 실제로 「우리는 모두 기적의 산물이다」의 두 번째 단락에서는 수정이 이루어지기까지의 과정을, 세 번째 단락에서는 자궁벽에 수정란이 착상되어 분만 일보 직전까지 성장하는 과정을, 네 번째 단락은 산모의 진통과 분만의 과정을 설명하고 있다. 그렇다면 마무리 단락에서는? 각별한 설명이 필요하니 단락 전문을 보자.

실은 다음 것들을 이야기하자고 긴 글을 썼다. 수정란이 약 41번의 세포 분열을 끝내고 만들어진 태아는 여태 탯줄로 흘러든 피를 통해 산소와 영양분들을 얻었지만 이제 탯줄이 잘렸으니 산소 공급이 차단되고 만 셈이다. 그러면 숨이 차오기 시작한다. 피 속에 이산화탄소가 자꾸 늘어가는데 이젠 자기가 알아서 숨을 쉬어야 한다. 이것이 아기의 첫 울음소리다. 지축을 흔드는 고고지성呱呱之聲이 강하면 강할수록 건강한 아이다. 이 소리 지르기를 통해 여태 양수에 잠겨서 쭈그러든 풍선 같았던 허파가 확 펴진다. 또 심장에서도 우심방에서 좌심방으로 흐르던 곳이 판막으로 막히는 등 신체적으로 여러 가지 변화가 일어난다(이것 하나만 잘못 막혀도 심장판막증이 된다). 그냥 아이가 태어나는 것이 아니고 생리적으로 많은 변화가 있는 것이다. 이렇게 '낯설고 물 선' 이 세상에 당신은 태어났다. 필자도 한살이를 살아봐서 아는데, 이제 산전수전 다 겪어야 하는 험난한 앞길이 기다리고 있다. 녹록잖은 인생길, 제발 무탈하고 티 없이 잘 커야 한다. 아가야!

그랬구나! 아기는 이 세상에 태어나자마자 많은 일을 했던 것이다. 아기 엄마나 간호사, 혹은 산후조리원의 노련한 조무사들이 돌봐준 것이라기보다는 스스로 해야 할 일을 알아서 척척 해냈던 것이다. 기적이 따로 없다. 「우리 모두 기적의 산물이다」는 지극히 객관적인 과학자의 글이지만, 즉 새 생명의 탄생이라는 사실에 대한 건조한 설명문이지만, 그런 과학자의 설명문이 이렇게 따뜻할 수 있구나!

이 글을 쓴 권오길의 문장력이 일품이다. 그 덕분에 '기적'이라는 성스러운 단어에 맞지 않게 이 단락에서는 신명이 느껴진다. 하기야 부부 사이의 성행위만큼 신명나면서도 성스러운 의식이 있을까 싶다. 어떤 테마에 대해 글을 쓸 때, 그 테마에 대한 과학적 설명으로 도입 단락을 삼는 것만큼 친절한 방법도 없다. 더욱이 권오길처럼 신명나는 문장력까지 갖춘 글은 얼마나 감동적인가!

모든 글이 '객관적·과학적 사실 설명'으로 도입부를 이루어야 하는 것은 분명 아니지만 글쓰기 초심자들이 기본기를 쌓기에는 이만한 방법도 없다. 우선 '객관적 사실 설명'부터 이야기해보자. '객관적 사실 설명'으로 도입 단락을 쓰기 위해서는 어떤 노력을 해야 할까? 일단 풍부한 일반 상식을 갖도록 노력해야 한다. 고시 수험서로 나온 일반 상식 책도 유용하지만 단편적인 답안만 제시하는 단점이 있으니, 더 많은 정보를 담고 있는 교양 상식 책을 권한다. 대형서점에 가보면 내게 꼭 맞는 책을 아마도 10여 권은 만나게 될 것이다.

인터넷 또한 결코 등한시할 수 없다. 글쓰기 테마가 결정되면 그 테마와 관련된 방대한 자료를 얻을 수 있다. 시간을 충분히 투자하면 도입 단락을 쓰는 데 매우 긴요한 객관적 사실을 알게 된다. 나는 예전에 안데르센에 관해 글을 쓴 적이 있는데, 도입 단락을 어떻게 쓸 것인지 고민하다가 안데르센의 고향인 '오덴세'와 관련된 기사를 검색해보았다. 혹시 안데르센 문학관이나 안데르센 문학상에 대한 정보를 얻을 수 있을까 해서다. 그런데 아주 뜻하지 않게 마음에 꼭 드는 기사를 찾았다.

해리포터 시리즈로 유명한 영국의 인기 작가 조앤 K. 롤링이 19일(현지시간) 덴마크 오덴세에서 H. C. 안데르센 문학상을 수상했다.……롤링은 수상 소감에서 "안데르센은 어린이 문학의 셰익스피어다. 그의 글쓰기 방식은 여전히 문학계에서 지배적"이라며 "그의 작품 중 내가 가장 좋아하는 것은 「장난감 병정」"이라고 밝혔다. (정의진, 「해리포터 작가 조앤 K. 롤링…H. C. 안데르센 문학상 수상」, 『뉴시스』, 2010년 10월 20일.)

이 기사는 내가 쓰고 싶은 도입 단락을 쓰는 데 필요한 내용을 담고 있었다. 나는 큰 어려움 없이 도입 단락을 쓸 수 있었다. 안데르센, 안데르센 문학상, 그 문학상을 수상한 조앤 K. 롤링, 그녀의 인터뷰 등을 잘 조합한 단락이었다. 이러한 조합을 표절이라고 볼 수 있는지는 잘 모르겠다.

어느 인터넷 매체의 보도에 따르면, 해리포터 시리즈의 작가 조앤 롤링이 영광스러운 문학상을 수상하기 위해, 2010년 10월 19일, 덴마크의 오덴세시를 방문했다. 그녀는 언론과의 인터뷰에서 수상 소감을 이렇게 말했다. "그분은 어린이 문학의 셰익스피어이다. 그분의 글쓰기 방식은 여전히 문학계에서 지배적이다." 조앤 롤링이 말한 '그분'은 전 세계에서 우리의 어머니가 우리에게 읽어주었고, 우리가 우리 아이에게 읽어주던, 앞으로 세기가 거듭되고 세대가 거듭 바뀐다 해도 언제고 변함없이 읽힐 160여 편의 경이로운 동화를 인류에게 선사해준 한스 크리스티안 안데르센이다. 조앤 롤링이 오덴세시에서 받은 문학상은 다름 아닌 안데르센 문학상이었다.

'과학적 사실 설명'에 대해 이야기해보자. 우선 자연과학을 전공한 지인이 있다면, 나이와 관계없이, 그와 대화를 나누는 사이가 될 만큼 친밀한 관계를 맺으면 좋다. 친구와의 진지한 대화가 끝나고 글쓰기에 임하면, 자연스럽게 '과학적 설명'으로 도입 단락을 쓰게 된다.

그런 친구가 없다 해도 의기소침할 필요는 전혀 없다. 과학 분야 전문 출판사도 많고, 그 출판사들에서 출간하는 좋은 과학 서적도 차고 넘치게 많다. 책 친구와는 우정에 금이 가는 법이 없고, 교제비도 그리 많이 들지 않으니 일석이조다.

글을 쓸 때 아이디어를 처음 떠올리기 위해 과학 서적을 읽는 것도 좋은 방법이다. 그럴 경우 실제로 글을 쓸 때도 도입 단락을 '과학적 설명'으로 선택하기에 용이하다. 주로 문학 작품이나 인문과학 서적을 읽으며 아이디어를 찾던 나는 몇 년 전부터 과학 서적을 뒤적이게 되었다. 그러면서 나는 내 글이 조금씩 피상적 성향을 버리는 쪽으로 진화하고 있음을 느꼈다.

혹시 오해의 소지가 있어 말해두는데, 과학자들 중에는 놀라운 문장력을 가진 이가 많으니, 혹시 딱딱하고 멋스럽지 못한 글밖에 못 쓰게 되지 않을까 고민하지 않아도 된다. 과학자들의 상상력과 문장력, 수사학적 기술의 정확한 전달력은 작가의 수준을 넘나든다.

글쓰기와 관련된 가장 어이없는 편견에는 두 가지가 있는데, 첫 번째 편견은 "과학책은 딱딱하고 읽기 어려우니 글쓰기에 그다지 도움이 안 된다"는 생각이다. 과학자들이 쓰는 글도 그저 수많은 글 중 하나요, 과학적 설명 역시 수많은 설명 중 하나다. 따라서 과학자들의 글쓰기라고 세련된 기술적 장치가 없으란 법은 없고, 과학적 설명이라고 글맛을 살리려는 에세이스트의 노력이 배제된다는 법도 없다. 과학책 읽기를 꺼리는 사람이 진정한 독자가 아니듯이, 글쓰기에 서툰 이는 진정한 과학자가 아니다. 과학자와 글쓰기, 이 둘은 결코 배타적인 관계가 아니다.

두 번째 편견은 "철학적 사유가 필요한 글을 쓸 때, 과학책보다는 철학서나 인문학 책을 읽는 것이 유리하다"는 생각이다. 유시민은 『어떻게 살 것인가』에서 "나는 무엇인가?" 하는 의문에 대한 답을 구하는데, 뇌과학 관련 진화심리학 책들에서 큰 도움을 얻었다고 고백한 바 있다. "나는 무엇인가?……뇌과학 관련 진화심리학 책들을 손에 잡히는 대로 읽었다. 놀랍게도 인간 일반과 내 자신을 이해하는 데 철학서를 비롯한 인문학 책보다 훨씬 더 큰 도움이 되었다."

나는 '인문학의 빈곤'이라는 말에 그다지 동의하지 않는다. 인문학 책들은 국내 저자의 책이 해외 저자의 책에 비해 양적으로나 질적으로나 크게 빈곤하다고 생각지 않기 때문이다. 물론 스케일 면에서 번역서들이 국내 저자의 책보다 다소 우월한 점은 인정한다. 하지만 우리 현실에 맞지 않고, 쓸데없이 난해하기만 한 번역서도 지천이다. 더욱이 우리 역사와 사회, 예술과 문화를 인문학의 중요한 콘텐츠로 삼는 기획물들은 독자들의 지적 욕구를 충족시켜준다.

도리어 나는 '과학의 빈곤'이라는 말에 동의한다. 서울대 선정 인문 고전은 있어도 서울대 선정 과학 고전은 없다. 번역서와 국내 저자의 책 사이에 존재하는 양적·질적 차이는 그야말로 현저하다. 과학전문 출판사의 한 관계자는 한 언론과의 인터뷰에서 "국내 과학 서적의 시장이 점점 좁아지고 있는데, 이는 근본적으로는 과학 분야에 대한 국내 수요층이 미미하기 때문이라고 생각한다"면서 "수요가 있어야 공급이 늘어날 텐데, 국내에서 과학 분야에 대한 대중의 관심도가 다른 선진국에 비해 무척 낮은 수준"이라고 말했다. 정곡을 찌르는 지적이다. 유시민이 읽고, 『어떻게 살 것인가』를 집필하면서 실제로 참고한 뇌과학 관련 진화심리학 책들 중 국내 저자의 책은 단 한 권밖에 없다.

나는 생각한다. 많은 사람의 염려대로 인문학이 빈곤하다면, 그 이유는 과학이 빈곤하기 때문이라고. 나는 걱정한다. 인문학과 과학이 모두 빈곤해져, 가뜩이나 빈곤한 글쓰기 현실이 더욱 빈곤해질까봐.

개인적 경험을 써라

지혜는 경험의 딸이다.
경험에 의해 지탱되어 있지 않은 사색가의 교훈을 피하라.

— 레오나르도 다 빈치(이탈리아의 화가)

도입 단락은 독자를 낚는 미끼다. 글쓴이는 자신이 갖고 있는 가장 비싼 미끼를 던져야 한다. 참신함, 놀라움, 흥미로움, 이 세 가지 유혹적 요소를 가져야 하는 것이다. 이런 요소를 두루 갖춘 것으로 경험만 한 것은 없다. 평등의 신은 글쓰기 초심자든 전문가든 구별하지 않고 참신하고 놀랍고 흥미로운 경험을 선사한다. 하지만 문제는 여전히 남는다. 글쓰기에서 가장 중요한 경험은, 경험 그 자체가 아니라 '글로 옮길 수 있는 능력으로서 경험'이기 때문이다.

번역 노트의 한 귀퉁이에 이런 메모들이 적혀 있다. "울었다. 마음이 훈훈해진다. 가슴이 뭉클. '눈물이 우리를 정화시킨다'는 명제를 실감." - 정말 울었다. 가슴이 뭉클했고, 정화되는 것을 느꼈다. 따뜻한 감동에 한동안 아무것도 하지 않고 가만히 있었다. 근래에 보기 드문 소박한 경험이다.

아사다 지로의 소설집 『철도원』을 번역한 양윤옥이 쓴 역자 후기의 도입 단락이다. 「눈물의 따뜻한 힘」이라는 제목의 도입 단락에서 양윤옥은 감동을 아껴 표현한 듯, "근래에 보기 드문 소박한 경험이"라고 술회하고 있다. 『철도원』에 수록되어 있는 8편의 소설들은 하나같이 그럴 만한 감동을 주는 명편名篇들이다. 신파조와는 거리가 먼, 작가의 따뜻한 목소리가 소박하게 전해지는 잔잔한 감동에 양윤옥은 눈물을 훔치며 번역한 모양이다.

소설집을 다 읽고 난 후 「눈물의 따뜻한 힘」의 도입 단락을 읽는 독자라면 대부분 양윤옥의 글에 공감할 것이다. 양윤옥은 도입 단락에서 독자들의 마음을 사로잡는 데 성공한 것이다.

억지로 그렇게 쓸 수는 없었을 것이다. 경험의 힘이 양윤옥의 펜을 그렇게 움직였을 것이다. 경험은 그만큼 글 속에서 살아 움직이며 독자들의 영혼을 울리는 것이다.

주지하다시피 아사다 지로는 집안이 몰락한 후, 야쿠자 생활을 하며 밑바닥 인생을 몸으로 경험한 특이한 이력의 작가다. 힘겨운 세월을 거치는 동안에도 그는 항상 습작 노트를 품고 다녔을 만큼 노력파였다. 『철도원』은 그런 노력의 뒤늦은 결실이라 할 수 있는데, 감동의 가장 따뜻한 원천은 역시 글쓴이의 '경험'이었다. 그 무엇으로든 글을 쓸 수는 있다. 경험이 뒷받침되지 않으면 감동적인 글을 쓸 수는 없다.

처음부터 끝까지 완독하는 책은 일주일에 서너 권이고 3분의 1 정도 읽는 책은 대여섯 권이나 된다는 탐서주의자 표정훈은 책을 읽으면 참고문헌에 있는 책과 본문에서 거론된 책을 찾아서 읽거나 체크해두고, 저자가 마음에 들면 그 사람의 다른 책을 조사해서 알아놓는다고 한다. 그런 표정훈이 쓴 「익명의 주석가」라는 글의 도입 단락을 보자.

프랑스의 저명한 중국학자 마르셀 그라네의 저서 영역판을 미국의 어느 헌책방에서 우편으로 구입한 적이 있다. 1957년에 나온 『중국 문명Chinese Civilization』이라는 책으로, 그라네답게 정치사보다는 사회사와 인류학적 측면에 공을 들인 책이기도 하다. 책을 받아 펼쳐보는 순간, 인쇄된 본문 글자보다도 파란색 잉크 글씨가 눈에 먼저 들어왔다. 예전에 그 책을 소유했던 사람이 여백에 빽빽하게 글을 적어놓은 것이다. 주로 의문형이 많은데, 예를 들어 '그라네가 고대 중국의 친족 체계를 논하면서 모계 혈통이 앞선다는 걸 전제로 하지 않는가?'라는 질문이 적혀 있다. 그 밖에 그라네에게 가장 큰 영향을 미친 학자인 마르셀 모스의 논저에서 중요한 관련 부분들을 발췌하여 적어놓기도 했다.

표정훈은 「익명의 주석가」에서 책을 읽을 때 밑줄을 긋고 그 부분에 관해 "나는 이렇게 생각한다"고 자신의 견해를 밝히거나, 여백에 주석을 달아 어려운 어구를 풀이하고 복잡한 내용을 요약하는 일이 얼마나 중요한지 일깨워주고 있다. 이 글은 '개인적 경험'을 술회하는 도입 단락이다. 표정훈에게는 인상적인 익명의 주석가를 만난 거의 첫 경험이었던 듯하다. 그만큼 강렬했으니, 이렇게 글을 시작하는 도입 단락에 쓰였을 것이다. 어쩌면 그에게는 이 경험이 출판평론가이자 알아주는 탐서주의자가 된 계기가 되었을지도 모를 일이다.

'개인적 경험'으로 도입 단락을 삼은 글은 흔히 볼 수 있다. 하지만 경험이 글 전체에서 차지하는 비중이 별로 크지 않은 경우도 또한 흔히 볼 수 있으니, 이 점 주의해야 한다. 그저 '언제 어디에 갔을 때 일이다' 하며 성의 없이 도입 단락을 써서는 안 된다. 그 '언제 어디에 갔을 때의 일'이 글쓰기에서 반드시 필요한 경험이 아닐 가능성도 많기 때문이다. 매우 중요한 경험일지라도 그 경험이 글의 형식이나 성격에 맞지 않을 경우, 내용에 직접 소개되지 않는 경우도 허다하다.

「익명의 주석가」의 마무리 단락을 읽으면 마무리 단락이 도입 단락에 적은 경험과 아주 밀접한 연관을 맺고 있음을 알 수 있는데, 이는 그가 글로 쓸 만큼의 가치가 있고 쓰고자 하는 글과 궁합도 잘 맞는 경험을 했기 때문이다.

　지금까지 나는 책을 폭식한 나머지 설사해버리고 마는 일이 많았다. 난외 주석을 텍스트의 뒤치다꺼리 정도로 폄훼해왔던 것은 아닐까? 자근자근 타액을 묻혀가며 씹어 소화액으로 더욱 연하게 만들어 그 양분을 철저하게 흡수하는 일에 게을렀던 게 아닐까? 한 권의 책, 하나의 장, 하나의 구절을 제대로 읽자면 그 밖의 무수히 많은 책과 장과 구절의 그물을 동원해야 한다는 걸 잊고 있었던 게 아닐까? 독서인이란 기본적으로 주석가이고, 주석가란 차이를 구별하고 분류하고 칸을 치고, 맥락과 줄기를 찾아 연결하는 지식 네트워커Knowledege Networker가 아닐까?……독서의 본本과 말末을 참으로 깊이 생각하는 사람이라면, 기꺼이 익명의 주석가가 될 수밖에 없다.

「익명의 주석가」의 마무리 단락에는 표정훈처럼 책을 폭식하는 출판평론가가 아닌 사람도 명심해야 할 내용이 담겨 있다. 글쓰기 초심자는 말할 것도 없다. 독서인이 익명의 주석가라면, 글쓴이는 그 주석을 활용하는 사람이니, 독서와 글쓰기의 깊은 보완관계란 아무리 강조해도 지나칠 수 없는 것이다.

'개인적 경험'으로 도입 단락을 쓰기 위해서는 어떤 훈련을 해야 할까? 시작은 간단하게 하자. '기억'보다는 '기록'의 인간이 되어보면 어떨까? 그러기 위해 가장 좋은 방법은 일기를 쓰는 것이다. 글쓰기에서 가장 중요한 경험은 '글로 옮길 수 있는 능력으로서 경험'이기 때문이다.

'일기' 하면 떠오르는 사람은 역시 앙리 프레데리크 아미엘이다. 그는 1821년 9월 27일 스위스의 제네바에서 태어난 프랑스계 스위스인이다. 제네바대학을 졸업하고, 독일 베를린대학에서 유학한 후 모교로 돌아와 철학을 강의했지만 평생 무명이었다. 1847년에 일기 쓰기를 시작해 1881년 4월 29일, 아미엘은 마지막 일기를 쓰고 펜을 내려놓았다. 그리고 5월 11일, 60년 인생의 일기장마저도 덮었다. 무려 1만 7,000페이지에 달하는 그의 일기는 사후에 편집되어 『아미엘의 일기』라는 제목으로 출간되었다. 아미엘에게 일기란 무엇이었을까?

일기는 고독한 인간의 위안이자 치유자다. 날마다 기록되는 이

독백은 일종의 기도라고 할 수 있다. 영원과 내면의 대화, 신과의 대화다. 이것은 나를 고쳐주고, 우리를 혼탁에서 벗어나게 해준다. 일기는 자기磁氣처럼 우리에게 평형을 되찾게 한다. 일종의 의식적인 수면이고 잠재된 행동이다. 의욕도, 긴장도 모두 멈추고 우주적인 질서 속에서 평화를 갈구한다. 그렇게 함으로써 유한의 껍질에서 벗어나는 것이다. 일기를 쓰는 행위는 펜을 든 명상이다.

문제는 일기를 쓰는 것도 일종의 글쓰기인지라, 쓰는 일이 여간 어렵지가 않다는 점이다. 일기에 대한 아미엘의 정의를 읽고 나니, 더욱 부담스러워진다. 하지만 제법 긴 일기 쓰기가 부담이 된다면, 메모 정도에 만족하는 것도 좋다. 글쓰기에 정을 붙여가야 하는 판국에 부담스러워서야 되겠는가. 다만 짧은 메모를 쓰더라도 아주 정식으로 제대로 된 글을 써야 된다는 점은 명심해야 한다. 나 역시 가끔 긴 일기를 쓰긴 하지만 대부분은 짧은 메모 정도로 쓴다. 2013년 4월 10일에 나는 짧은 메모를 남겼다.

생텍쥐페리의 『어린 왕자』를 다시 읽었다. 도대체 이 특별할 것 없는 동화의 분에 넘치는 인기는 무엇 때문일까?

일기에는, 자신에게 가장 익숙한 장소에서 벌어진 가장 익숙한 경험에 대해 쓰는 것이 가장 좋다. 과학자는 실험실에서 경험한 성취나 실수 따위를, 서점 직원은 매장에서 일상적 일이나 매우 특이한 고객을 접한 일을, 학생은 교실에서 있었던 멋진 강의나 친구와의 사소한 말다툼 따위를, 회사의 영업 사원은 제품을 파는 데 성공한 일을 쓰면 된다.

나는 글을 쓰는 사람이니 아무래도 독서 체험을 일기에 쓰는 일이 많다. 그래서 이 글처럼 짧은 메모 같은 일기도 쓴 것이다. 그러면 어떤 글에서 이 일기를 활용해 도입 단락을 쓸 수 있을까?(나는 2011년 12월부터 지금까지 어느 기업체의 사보에 '고전'에 대한 칼럼을 매달 쓰고 있다) 나는 이 일기를 토대로 2012년 5월호 칼럼의 도입 단락을 쓰기로 했다. 초고를 쓸 때만 해도, 도입 단락은 다음과 같았다.

책장을 정리하던 중 나는 아주 오래전에 구입해 읽었던 『어린 왕자』를 발견했다. 30년 만에 다시 읽었다. 여전히 나는 궁금했다. 전 세계에 1억 부가 넘게 팔린 초대형 베스트셀러인 이 특별한 것 없는 동화는 도대체 왜 이렇게 분에 넘치는 인기를 누리게 된 것일까? 김용규가 『철학카페에서 문학 읽기』에서 『어린 왕자』를 '관계의 미학'의 관점으로 해석했던 기억이 났다. 이번 달 원고는 『어린 왕자』에 대해 써보면 어떨까 싶었다. 5월은 가정의 달이고, 가정은 식구들 사이의 관계에 따라 행불행이 결정될 수 있다는 점

이렇게 도입 단락을 쓰고 났더니, 이 단락부터 마무리 단락 까지 한 편의 글이 떠올랐다. 인기의 비결이 무엇인지에 대해 서도 써야 하겠고, 세련된 독후감 같은 글도 써야 하겠고, 작가 인 생텍쥐페리의 인생 편력에 대해서도 써야 할 것이다. 그런 데 몇 번의 퇴고를 거친 후 출판사로 보낸 최종 원고는 초고 때 와는 다른 도입 단락이 되고 말았다.

2004년 3월 일본의 『산케이신문』은 최근 프랑스 탐사단이 마 르세유 해저에서 인양한 비행기 잔해의 제조번호가 제2차 세계대 전 당시 정찰비행 중 실종된 어느 조종사의 정찰기 제조번호와 일 치하는 것으로 확인했다고 보도했다. 1944년 7월 31일 코르시카 섬 보르고 공항을 이륙해 프랑스 남해안을 정찰 중이던 그 조종사 는 드넓은 창공을 향해 날아올랐다가 아무런 흔적도 없이 영원히 이 지상에서 사라졌던, 『어린 왕자』의 작가 생텍쥐페리였다.

이게 웬일인가? 인기의 비결을 생각하며 『어린 왕자』를 읽 었던 내 경험은 어디에 쓴 것일까? 나는 일기에 썼던 경험을 도 입 단락에서뿐 아니라 원고 어디에도 쓰지 않았다. 왜 쓰지 않 았는가? 최종 원고의 내용과 형식을 보건대, 일기에 썼던 경험이 구체적으로 내용과 어울리지 않았기 때문이다.

　모든 경험이 글에, 그것도 글의 도입 단락에 등장하는 것은 아니다. 그 경험은 이런저런 방식으로 한 편의 글 속에 녹아들이 구체적으로 인급되지 않을 수 있는 것이다. 일반적으로 글 쓴이의 경험이 도입 단락에, 혹은 다른 단락에 구체적으로 소개되는 경우는 글 속에 '나'라고 하는 1인칭 대명사가 등장해도 될 만큼, 형식이 비교적 자유로운 글을 쓸 때뿐이다.

　사정이 이렇다 해도 평소 일기를 쓰면서 자신의 경험을 기록하고, 그 기록된 경험을 바탕으로 도입 단락을 쓰는 일이 쓸모없는 것은 아니다. 애초 일기에 썼던 바와 같이 가정의 달 5월을 앞두고 『어린 왕자』를 읽지 않았다면, 김용규가 『철학카페에서 문학 읽기』에서 『어린 왕자』를 '관계의 미학'의 관점에서 해석한 데에 유난히 공감이 가지도 않았을 것이고, 결국 『어린 왕자』가 아니라, 5월에 어울리는 다른 작품에 관한 글을 썼을지도 모를 일이 아닌가?

　내가 아는 한, 아무리 뛰어난 상상력을 가진 작가라도 몸소 경험한 것 외에는 잘 쓰지 못한다. 특별한 예외가 있을지 모르지만, 다양하고 진지한 경험만이 글 속에 보석처럼 빛난다. 도입 단락은 독자들에게 글에 대한 첫인상을 심어주는 중요한 단락이다. 빛나는 보석을 놓아두고 다른 무엇을 보여주겠는가?

　도입 단락 쓰기의 성패 여부는 글의 내용과 형식에 맞춰 얼마나 적절한 보석을 기억해내느냐에 달려 있다. 필요하다면 보석을 보여주지 않는 것, 그것도 보석을 보여주는 중요한 한 가지 방법이다.

스토리를 만들어라

이야기는 분명 가장 얻기 쉬운 즐거움이다.
그것은 돈이 안 들고, 언제나 이익이고, 모두 이익이고,
우리의 교육을 완성하고, 모든 세대와 건강한 상태에서
즐길 수 있는 것이다.

— 로버트 루이스 스티븐슨(영국의 작가)

역사를 통틀어, 이야기는 사람들을 매료시켜온 것이 분명하다. 각종 신화·전설·민담은 인간 본성을 파헤치고, 다양한 픽션을 통해 과학자들과 사상가들의 위대한 업적은 미화된다. 한편 직접 겪었든 주위들었든 흥미로운 일화는 어떤 주장이나 비판의 근사한 근거로 채택되고, 동화는 어린이뿐 아니라 어른

들의 심리적 기제를 설명하는 데 원용되며, 시청자들은 토크쇼에서 각종 유명 인사들이 살아온 이야기를 들으며 울고 웃는다. 실로 이야기의 힘은 만만치 않은 것이다. 글쓰기에서도 예외일 수 없다. 주제와 절묘하게 들어맞는 의미심장한 이야기 한 토막은 독자들을 일종의 환상 공간으로 인도하며, 한 편의 글 전체를 입체화한다.

　　오스트리아가 매우 어려운 고비에 있던 전쟁 직후, 한 농부가 나뭇가지에 목을 매달았다. 이웃 한 명이 농부를 발견하고 숨이 끊어지기 전에 그를 끌어내렸다. 농부는 그 이웃이 자신에게 삶을 더 부과했다는 이유로 그를 고소했다. 당시 오스트리아에서의 생활이 흉흉했다는 사실을 고려하면 이웃의 행동은 불법 행위의 요건을 갖추고 있다는 거였다. 몇 가지 전문적인 법률 조항을 적용해 그 이웃을 풀어주기는 했으나 법정도 농부의 생각에 동의했던 것으로 보인다.

　오스트리아의 어느 농부 이야기는 자살 혹은 생명을 경시하는 불법적 행위로 보는 데 반대하는 버트런드 러셀의 「자살이 불법이라니」의 도입 단락이다. 짧은 일화지만 시사하는 바가 크다. 러셀은 오스트리아 법정의 판결이 마음에 쏙 들었던 모양이다. 그런데 자살에 실패한 이 농부 이야기를 가지고 러셀이 진정 전달하고자 한 메시지는 의외로 '반전反戰'이었다. 이 글의 마무리 단락의 마지막 문장이 이를 잘 보여준다. "전쟁이 우리 제도의 일부로 남아 있는 한, 비참한 생활에 쫓겨 자살을 기도하는 불행한 사람들 앞에서 인명의 신성함을 호소하는 것은 ㄱ야말로 위선일 뿐이다."

글쓰기에서 이야기는 이와 같이 의미심장하고 통쾌하게 쓰일 수 있다. 따라서 글쓰기에 입문하는 사람이라면 많은 이야기를 알아두는 것이 좋다. 글쓴이에게 이런저런 자질이 필요하겠지만, 이 점만은 분명하다. 글쓰기는 분명 훌륭한 이야기꾼이 잘할 수 있는 일이다.

이야기로 도입 단락을 삼은 다른 예를 보자. 이 글은 남을 헐뜯고 비방하는 나쁜 세태를 비난하는 정민의 「귀 울음과 코 골기, 어느 것이 문제일까?」의 도입 단락이다. 정민은 자신은 듣고 남은 못 듣는 이명耳鳴과 남은 듣지만 자신은 못 듣는 코 골기에 관한 박지원의 이야기로 도입 단락을 삼았다. 이 이야기는 단 한 글자도 정민이 창작하지 않았다. 하지만 정민의 「귀 울음과 코 골기, 어느 것이 문제일까?」의 이 도입 단락은 얼마나 창의적인가?

귀에 물이 들어간 아이에게 이명 현상이 생겼다. 귀에서 자꾸 피리 소리가 들린다. 아이는 신기해서 제 동무더러 귀를 맞대고 그 소리를 들어보라고 한다. 아무 소리도 안 들린다고 하자, 아이는 남이 알아주지 않는 것을 안타까워했다. 시골 주막에는 한 방에 여럿이 함께 자는 수가 많다. 한 사람이 코를 심하게 골아 다른 사람이 잘 수가 없었다. 견디다 못해 그를 흔들어 깨웠다. 그가 벌떡 일어나더니 내가 언제 코를 골았느냐며 불끈 성을 냈다.

이 글은 박지원이 자신의 글「공작관문고자서孔雀館文稿自序」에서 들려준 이야기고, 앞서 살펴본 어느 농부 이야기 역시 추측건대 러셀이 어떤 매체를 통해서 간접적으로 접한 이야기였을 것이다. 이렇듯 이야기는 글쓴이가 아닌 다른 사람이 들려주는 경우가 일반적이다. 따라서 이야기를 도입 단락으로 삼은 글은 이야기를 들려주는 목소리와 글쓴이의 목소리가 함께 어우러지면서 입체화되고, 그 입체성 때문에 독자들의 두 눈이 즐거울 수밖에 없다.

글쓴이는 자신의 설명이나 주장을 더 효과적으로 하기 위해 가상의 이야기를 스스로 지어내서 도입 단락으로 삼는 경우도 있다. 프랑스 철학자 펠릭스 라베송몰리앵의 '습관'에 대한 논의를 독자들에게 효과적으로 이해시키기 위해, 강신주는 자신의 글「습관의 집요함」에서 가상의 이야기를 도입 단락으로 삼고 있다.

오늘 그는 아버지에게 정종을 사다드려야겠다고 생각했다. 주전자에 정종을 담아 따뜻하게 데워 아버지에게 드릴 생각으로 그의 마음은 설렘으로 가득 찼다. 이렇게 추운 날이면 아버지는 따뜻한 성종을 즐겨 마시곤 했기 때문이다. 버스에 내리자마자 그는 상장이라도 받은 아이처럼 서둘러 집으로 향했다. 아내가 문을 열어주자마자 아버지 방을 향해 유쾌하게 소리쳤다. "아버지. 정종 사왔어요. 어서 나오세요. 제가 곧 데워드릴게요." 그러자 아내의 낯빛은 안타까움으로 어두워진다. "왜, 그래. 무슨 일 있었어?" 대꾸도 하지 않고 아내는 얼굴을 손으로 감싸고 방으로 들어간다. 의아해하며 그는 아버지 방으로 들어간다. 그러나 이것이 무슨 일인가? 정종을 마실 수 있다는 기대감에 행복해하는 아버지 대신 영정 속의 아버지가 인자한 미소를 던지고 있다. "아! 아버지! 그래. 아버지는 돌아가셨지." 정종을 손에 든 채 아버지의 빈방에서 그는 망연히 서 있을 수밖에 없었다.

"만들어진 습관은 우리가 지속적으로 존재하는 방식이라고 할 수 있다. 변화가 지나가버린 것이라면, 습관은 그것을 낳은 변화를 넘어서 존속하는 것이다." 라베송몰리앵이 『습관에 대하여』에서 적은 글이다. 이 글에서 이야기의 주인공이 머리로는 이미 아버지가 돌아가셨다는 사실을 알면서도 정종을 사온 이유는 바로 습관의 집요함 때문이다. 도입 단락의 이야기는 그러한 습관의 집요함에 대한 좋은 예가 될 수 있다. 강신주가 갑자기 스토리텔러가 된 데는 다 이유가 있었던 것이다.

여러 가지 변화로 인해 삶의 환경과 우리 내면의 습관이 불일치하게 될 경우, 우리는 기존의 습관대로 환경을 바꾸거나 환경에 맞게 자신의 습관을 새롭게 형성해야 한다. 강신주는 「습관의 집요함」의 마무리 단락에서 충고한다. 삶의 환경이 타락했다면 습관을 지키는 것이 좋고, 그 반대로 삶의 환경이 더 좋아졌다면 새로운 습관을 만드는 것이 현명할 것이라고.

강신주의 충고대로라면, 도입 단락의 이야기에 등장하는 주인공은 아버지의 부재를 긍정적으로 받아들이고, 아버지의 가르침을 기억하고, 아버지의 유언을 지키고, 아버지가 그러셨던 것처럼 자식들에게 좋은 가장이 되는 쪽으로 새로운 습관을 만들어야 할 것이다. 강신주가 지어낸 이야기는 이렇듯 「습관의 집요함」의 마무리 단락까지 자신이 해야 할 임무를 다 해낸다.

이야기는 삶의 현실과 이상 사이의 공백을 메워주는 데 매우 유용한 글쓰기 양식이다. 따라서 대부분의 사람들은 이야기를 좋아한다. 이야기를 듣고 읽는 데 만족하지 못하고, 자신이 이야기를 직접 만들려고 하는 사람도 많다. 좋아하는 일을 직업으로 삼는 셈이다. 그래서 그런지 아날로그 양식의 산물이었던 이야기는 강력한 디지털 시대와 함께 시작한 21세기에도 여전히 풍성하다. 우리는 이렇듯 풍성한 이야기의 바다에서 거의 무한대의 이야기를 찾을 수 있다. 그중 유용한 몇 가지만 소개해보면 다음과 같다.

다소 진부할 수는 있지만, 그리스·로마신화와 중국 고사는 알아둘 필요가 있다. 안데르센과 그림 형제의 동화, 이솝 우화도 긴요하게 쓸 수 있다. 또한 서양 고전 소설과 『삼국지』, 『초한지』, 『수호지』, 『서유기』 등 중국의 고전 소설 역시 글쓰기에서 쉽게 원용할 수 있는 이야기로 가득 차 있다. 물론 우리나라 소설은 말할 것도 없다. 요즘은 영화, 연극의 주요 대목 또한 중요한 이야기로 글쓰기에 등장한다. 『성경』, 다양한 불교 경전들 또한 만만히 볼 수 없는 이야기로 풍부하니 읽어두는 편이 좋다.

나는 도입 단락으로 철학자들과 소설가들, 과학자들이 쓴 책의 재미있는 이야기들을 즐겨 써먹는 편이다. 철학자 월 듀랜트의 『철학 이야기』와 이동희의 『세상에서 가장 흥미로운 철학 이야기』 등에, 소설가 미하엘 코르트의 『광기에 관한 잡학사전』과 김욱동의 『우리가 정말 알아야 할 서양 고전』 등에, 과학자 에른스트 페터 피셔의 『청소년을 위한 과학인물사전』과 김형근의 『1% 영어로 99% 과학을 상상하다』 등에 재미있는 이야기가 많이 소개되어 있다. 인터넷에서 검색해 이야기를 찾는 경우도 많지만, 이 책들을 뒤적이며 옳거니 하는 이야기와 만날 때도 제법 많다.

내가 '시민불복종'에 관한 글을 쓸 때, 그렇게 만난 이야기를 도입 단락으로 삼았다.

미국의 노예제 폐지 운동에 적극 가담하다 반정부 행위로 투옥된 한 청년이 있었다. 그에게 면회 온 스승이자 친구가 있었으니, 그는 바로 미국의 초월주의 사상가로 널리 알려진 에머슨이었다. 에머슨은 청년에게 이렇게 물었다. "자네는 왜 여기 있는가?" 그러자 청년이 도리어 반문했다. "당신은 왜 여기 있지 않습니까?" 그다지 출처가 확실하지 않은 이 이야기의 주인공 청년이 바로 헨리 데이비드 소로다.

이 이야기는 헨리 데이비드 소로가 왜 『시민불복종』을 쓸 만한 인물인지 분명히 시사하고 있다. 훗날 『시민불복종』은 톨스토이, 간디, 마틴 루서 킹 주니어 목사 등 수많은 혁명가와 인권운동가의 바이블이 되는데, 소로는 글 이전에 행동으로 시민불복종을 실천한 사람이었다.

나는 우리나라 정사正史에서는 볼 수 없는 일화 역시 도입 단락으로 자주 써먹는 편이다. 이러한 일화들은 무가치해서가 아니라 양적으로 감당하기 어렵기 때문에 정사가 기록할 수 없었던 것이다. 이러한 일화들은 요즘 출간된, 다채로운 시각으로 과거를 바라보는 역사서들에서 대부분 얻는다. 가끔 작고한 언론인 이규태의 칼럼들에서 얻을 때도 많다. 내가 '동물 사랑'이라는 테마로 글을 썼을 때, 이규태의 칼럼에서 얻은 이야기로 도입 단락을 삼았다.

이규태 씨는 아주 오래전에 『대지』의 작가 펄 벅과 경주 관광을 할 때의 일화 하나를 이야기한 바 있다. 이 씨가 경주를 관광하면서 무엇이 가장 인상적이었냐고 물었을 때 펄 벅은 의외의 대답을 하였다. 황혼의 들판 길, 지게에 짐을 가득 지고 소달구지를 몰고 가는 늙은 농부의 모습이 평생 잊히지 않을 것 같다고. 소가 행여 힘에 부치는 짐을 지고 있는 것은 아닐까, 걱정스러워하는 어느 늙은 농부의 배려에 펄 벅은 감동하지 않을 수 없었던 것이다.

우리 선조들의 동물 사랑이 지극하고 감동적이다. 석굴암이나 다보탑이 아니라 지게에 짐을 가득 지고 소달구지를 몰고 가는 늙은 농부의 모습을 볼 줄 알았던 펄 벅도 인물은 인물이다. 이제 생각하니, 이규태의 칼럼에서 읽은 이 감동적인 일화로 도입 단락을 삼은 이상, 나는 그저 이 단락 하나로 글을 끝냈더라면 더 좋았을 듯하다. '동물 사랑'이라는 테마로 쓴 글 중, 이 글 도입 단락 뒤에 등장하는 모든 단락은 사족蛇足이었다는 생각이 들기 때문이다. 이야기의 힘은 실로 대단한 것이어서, 나머지 단락들을 초라하게 만들어 버리기도 한다.

이야기는 한 단락을 훨씬 넘을 정도로 길 수 있다. 아니 그렇게 긴 이야기가 더 많을 것이다. 이럴 경우 도입 단락에 이야기 전부를 다 적을 필요는 없다. 즉, 도입 단락을 포함해 몇 단락에 걸쳐 소개해도 무방하다.

군이 도입 단락에 몰아넣고 싶다면, 이야기를 적당히 요약·정리하거나, 이야기 중 꼭 필요한 대목만을 소개해도 된다. 이렇게 이야기가 축소되더라도 재미와 감동을 잃어버리지 않으려면, 글쓴이의 상당한 기술이 필요하다.

글쓰기 초심자들은 되도록 한 단락 분량의 짧은 이야기를 도입 단락으로 삼는 편이 좋다. 짧지만 유익하고 감동적인 이야기는 많다. 이야기로 시작하는 글을 쓰는 데 정말로 부족한 것은 이야기가 아니라, 그 이야기의 유익과 감동을 마무리까지 감당해낼 수 있는 역량이다.

솔직하게 써라

인간이 갖는 최고의 순간은 그가 땅바닥에 무릎을 꿇고
가슴을 치면서 그의 생애의 모든 죄악을 고백할 때다.

— 오스카 와일드(영국의 작가)

반드시 이길 줄 알았지만 끝내 이길 수 없는 게임이 인생이
다. 자신의 감춰두었던 마지막 패를 보여주고, 빈털터리로 노
름판을 뜨는 사람만이 단 한마디의 자기 고백이라도 얻을 수
있다.

인간에게 신성神性이 있다면, 그것은 자신의 내면을 응시하

고, 자랑할 것도 겸손을 떨 것도 없이 한마디 한마디 떠듬떠듬 자신에 대해 고백할 수 있다는 점이 아닐까? 비록 선택적으로 기억하고, 어쩔 수 없이 상상력이 그 기억을 색칠하게 되지만, 자기 고백은 언어라고 하기엔 매우 거룩한 그 무엇이다. 세속적인 교육에 찌든 인간은 자기 자신에 대해서 쓰지 못할 때, 알량한 글재주로 남에 대해서 쓴다.

애비는 종이었다. 밤이 깊어도 오지 않았다.

서정주의 대표작 중 하나인 「자화상」의 충격적인 첫 행이다. 우리 시문학사에서 시적 자아의 솔직한 '자기 고백' 중 하나일 것이다. 시를 쓰겠다고 작정한 이들에게조차, 이쯤 되는 고백은 넘기 힘든 벽이다. 그래서 서정주의 「자화상」의 이 첫 행은 그들에게 일종의 트라우마로 남는다. 그러니 시가 아니라 일반적인 글(에세이)을 쓰고자 하는 독자들로서는 감당하기 힘든 수준의 '자기 고백'이다. 다만 이렇게 생각하고 말자. '자기 고백'만큼 어려운 글쓰기도 없다고.

우리에게 포크 가수로 잘 알려져 있는 존 바에즈의 『존 바에즈 자서전』 첫머리를 장식하고 있는 「프롤로그」의 도입 단락을 보자.

나는 재능을 타고 태어났다. 재능에 관해서라면 나는 굳이 겸손을 떨거나 하지 않는다. 하지만 사실은 정말 감사하게 여기고 있다. 왜냐하면 그건 정말 내가 만들어낸 것도, 내가 특별히 자랑스러워한 만한 행동도 아니라, 내게 그냥 주어진 재능이기 때문이다. 유전적 특질, 환경, 인종 또는 야심을 이리저리 섞은 힘들이 내게 준 가장 큰 재능은 노래하는 목소리였다. 두 번째로 큰 나의 재능은, 그 목소리와 목소리 덕분에 얻은 수확을 다른 사람들과 나누고자 하는 욕망이다. 만약 이 두 번째 재능이 없었다면 나는 전혀 다른 사연을 가진 완전히 딴 사람이 되었을 것이다. 이 두 가지 재능이 결합했기에 이루 헤아릴 수 없는 부가 생성되었다. 다양한 모험, 수많은 친구들 그리고 순수한 기쁨.

이 글을 시작으로, 존 바에즈는 「프롤로그」에서 자신이 어떤 능력을 타고났으며 어떻게 그 능력을 발휘하며 살아왔는지, 언제 돈이 궁했으며, 누구와 사랑했는지, 하필이면 지금(1987년. 45세) 왜 이 자서전을 쓰게 되었는지에 대해 정직하게 써내려 갔다.

존 바에즈는 흔히 포크 가수로 알려져 있다. 하지만 평화운동가이자 국제인권기구 '후마니타스인터내셔널'의 설립자로 반전 평화운동과 인종차별 철폐 운동에 적극 참여했다. 마틴 루서 킹 주니어 목사와 함께 흑인 공민권 확대를 요구하며 여러 차례 비폭력 시위와 거리 행진을 벌이기도 했다.

냉전시대의 한복판에서, 그녀의 삶은 온갖 위험과 신체적 위협에 노출되어 있었다. 그녀가 함께했던 많은 친구가 죽었고 투옥되었다. 결코 만만치 않은 시대를 헤쳐온 그녀답게, 이 글에서 바에즈는 한눈에 보아도 정직하고 당당하게 자신의 한계에 대해 분명히 선을 긋는 '자기 고백'을 하고 있다. 바에즈는 「프롤로그」의 마무리 단락에서 자서전을 출간하는 이유 세 가지를 들고 있는데, 가장 중요한 세 번째 이유를 이렇게 적고 있다.

> 세 번째 이유가 가장 중요한데, 나는 나 스스로를 위해, 이토록 별스러운 시대에 정면을 바라보기에 앞서 지난날을 지그시 돌아보기 위해 이 사실들을 기록했다.

그래서일까? 그녀는 73세의 고령이지만 아직도 여전히 반전 평화운동과 인종차별 철폐 운동에 적극 참여하고 있다. 2013년 4월 그녀는 베트남 하노이를 방문했고, 1972년 평화운동 사절로 방문해 노래를 불러주었던 지방 국제 학교를 42년 만에 다시 방문다. 『존 바에즈 자서전』에서 고백한 것처럼 바에즈는 자신의 능력 두 가지로 얻을 수 있었던 다양한 모험, 수많은 친구, 순수한 기쁨을 죽는 순간까지도 잃지 않을 것 같다.

어찌 생각하면, 인간은 자기 자신에 대해서 가장 잘 쓸 수 있다. 내게 있었던 사건이 아니라 그 사건을 대하는 마음, 그 마음을 표현할 적절한 문체와 분명한 문장, 이런 것들을 모두 얻기 위해서는 글쓴이와 글쓰기의 대상이 일치해야 하기 때문이다. 따라서 '자기 고백'은 도입 단락으로 삼기에 무난한 방식 중 하나이며, 글쓰기 교사들도 그런 방식의 도입 단락을 많이 권하는 편이다. 하지만 교사들이 권하는 것치고 쉬운 일은 없다.

2007년이었던가. 내가 본격적으로 '글 쓰며 사는 삶'을 시작할 무렵 읽은 글쓰기 책 한 권이 있다. 독일의 '창조적인 글쓰기 협회'의 협회장과 강사를 각각 맡고 있는 루츠 폰 베르더와 바바라 슐테-슈타이니케가 함께 쓴 『즐거운 글쓰기』가 바로 그 책이다. 이 책에서 저자들이 독자에게 가장 먼저 내준 숙제는 20가지 질문에 대한 답을 글로 써보라는 것이었다. 그중 몇 가지만 적어보면 이렇다.

- 당신의 인생에서 가장 중요한 사람은 누구이며, 또 가장 중요한 역할을 한 사람은 누구인가?
- 살아오면서 어느 곳, 어느 장소가 특히 기억에 남는가?
- 생각지도 않았던 이별은?
- 처음으로 죽음을 심각하게 떠올린 때를 기억하는가?
- 특별히 감사해야 할 사람은?
- 좌우명은?

나는 이 질문들에 대해 단답형 답안처럼 짧게밖에는 쓸 재주가 없었다. 물론 지금은 조금 달라졌다. 제법 긴 글을 쓸 수 있게 된 것이다. 처음 이 질문을 받았을 때와 지금 이 질문을 받을 때는 어떤 차이가 있을까? 처음엔 내가 글 쓰며 사는 삶을 막 시작할 때였고, 지금은 그렇지 않다는 차이가 있다. 그렇다면 글쓰기 초심자들은 쓸 수 없고 본격적으로 글을 쓰고 제법 세월이 흐른 이후에만 쓸 수 있는, 그런 질문을 『즐거운 글쓰기』의 저자들은 글쓰기 초심자들에게 제일 먼저 던진 셈인데, 이는 글쓰기 교사로서 얼마나 모순된 일인가?

이 모순에는 아주 의미심장한 글쓰기 원칙 하나가 들어 있다. "나에 대한 가장 기본적인 질문이야말로 가장 답하기 어렵다. 그 이유는 나를 모르기 때문이다." 철학은 세계를 바꿀 수 있는가? 예술작품은 반드시 아름다운가? 우리는 과학적으로 증명된 것만을 진리로 받아들여야 하는가? 역사는 객관적일 수 있는가? 이런 어려운 질문에는 별 주저 없이 답할 줄 알던 내가 가장 몰랐던 대상은 바로 '나 자신'이었던 것이다.

그만큼 '자기 고백'은 결코 쉬운 일이 아니다. 그럴싸한 것에 대해서만 글을 써야 한다는 강박관념 때문에 자기를 고백하는 일이 글쓰기의 한 방식이 될 수 있기나 한 것인지 의심스럽기까지 하다.

글 쓰며 사는 삶에 어느 정도 익숙해진 사람이라면, 자신의 내면을 고백하는 일이 그 어떤 다른 일보다 정직하고 성공적이라는 사실을 알게 된다. 우리는 아주 흔히, 잘 알지도 못하는 철학자의 말을 인용하며 인간의 도리를 논하고, 잘 알지도 못하는 역사를 더듬어 오늘의 나아길 길을 제시하며, 잘 알지도 못하는 세상사를 전능한 신처럼 굽어보며 비평하기를 부질없이 일삼아 왔다.

그렇다면 '자기 고백'으로 도입 단락을 쓰기 위해서 어떤 노력을 해야 할까? 다른 사람의 '자기 고백'을 많이 읽고 익혀야 한다. 그런데 '자기 고백'이 가장 많이 등장하는 장르는? 바로 시다. 그래서 시, 특히 시적 화자의 이야기가 고백 형식으로 들어 있는 시를 많이 읽기를 권한다.

닳고 닳아 더는 신을 수 없어
신발장 구석이나 차지하고 있는
한갓 쓰레기에 불과한 것들이지만
함부로 버리지 못했다
나를 데리고 걸어온 숱한 길을 생각하면
살아온 날들조차 폐기처분되는 것 같아
함부로 버리지 못했다
가야 할 길만을 걸어온 것도 아닌데
가고 싶지 않은 길도 가고

가서는 안 될 길을 간 적도 많은데

그래도 나를 데리고 온 길이

한순간에 지워질 것 같아

여태껏 버리지 못했다

어쩌다 술자리에서 바꿔 신었을지라도

그 사람이 걸어온 당당함 혹은 비틀거림이

나로 하여 사라질 것만 같아

함부로 버리지 못했다

신발장을 열 때마다 아내가

신지도 않는 걸 왜 모셔 두냐며 핀잔이지만

때가 되면 버린다 얼버무릴 뿐

언제 버려야 하는지

꼭 버려야만 하는지

나는 지금도 알지 못한다

김수열, 「오늘도 버리지 못했다」

또 다른 말도 많고 많지만

삶이란

나 아닌 그 누구에게

기꺼이 연탄 한 장 되는 것

방구들 선득선득해지는 날부터 이듬해 봄까지

조선 팔도 거리에서 제일 아름다운 것은

연탄 차가 부릉부릉

힘쓰며 언덕길 오르는 거라네

해야 할 일이 무엇인가를 알고 있다는 듯이

연탄은, 일단 제 몸에 불이 옮겨 붙었다 하면

하염없이 뜨거워지는 것

매일 따스한 밥과 국물 퍼먹으면서도 몰랐네

온몸으로 사랑하고 나면

한 덩이 재로 쓸쓸하게 남는 게 두려워

여태껏 나는 그 누구에게 연탄 한 장도 되지 못하였네

생각하면

삶이란

나를 산산이 으깨는 일

눈 내려 세상이 미끄러운 어느 이른 아침에

나 아닌 그 누가 마음 놓고 걸어갈

그 길을 만들 줄도 몰랐었네, 나는

안도현, 「연탄 한 장」

우리가 쓰고자 하는 글은 시가 아니다. 따라서 '자기 고백'을 도입 단락으로 쓸 때, 은유와 상징과 운율을 살려 시처럼 쓰려고 해서는 안 된다. '자기 고백'은 자칫 천편일률적일 수도 있고, 표현도 진부해지기 쉽기 때문에 최고 수준의 언어 미학이 빛나는 시를 스승으로 모셔 본 것이다. 좋은 시는 시적 화자가 철저하게 감정을 제어한다. 따라서 시는 '자기 고백'이 자칫 '감정 과잉'에서 허우적대지 않도록 도와주는 좋은 스승이다. 명심해야 한다. '자기 고백'은 넋두리가 아니다.

호기심을 자극하라

나는 여섯 명의 정직한 하인이 있었다.
그들은 내가 아는 모든 것을 가르쳐주었다.
그들의 이름은 어디, 무엇, 언제, 왜, 어떻게, 누구다.

— 러디어드 키플링(영국의 작가)

질문 속에는 이미 답이 들어 있다. 따라서 깊이 사색한 후 스스로 질문을 던지고, 그 질문을 받고는 비로소 불철주야 공부하면서 겨우겨우 답변을 늘어놓는 것이 바로 학문이다. 학문學問은 그야말로 '문問을 학學'하는 것이다. 글쓰기도 상황은 비슷하다. 무슨 테마의 글을 무슨 내용으로 채우면서 무슨 메시지를 남길 것인지에 대해, 글쓴이는 스스로 물어보는 만큼만 겨우거우 답할 수 있다.

　　모든 인간 사회에서 가장 큰 문제 중 하나는 어떻게 하면 권력, 부, 지위를 다음 세대에 평화적으로 물려줄 것인가 하는 것이다. 세습이라는 아이디어는 이 문제에 대한 가장 오래된 해답 중 하나이다. 초기 인간 사회는 불평등이라는 단어를 필요로 하지 않았다. 그것은 너무나도 자연스러운 것이었다. 다른 원시 사회의 모습에서 유추해볼 때 특출한 용맹, 영특함, 카리스마를 지닌 개별 호미니드(현생 인류를 이루는 직립 보행 영장류)들이 언제나 자신의 동료들에게 힘을 행사했으리라는 것은 타당한 추측일 것이다. 하지만 획득한 지위를 세습하자는 아이디어는 어떻게 등장할 수 있었을까?

영국의 역사학자 펠리페 페르난데스 아르메스토가 쓴 「내 자식이 최고야: 세습이라는 아이디어」의 도입 단락이다. 이 글은 "하지만 획득한 지위를 세습하자는 아이디어는 어떻게 등장할 수 있었을까?" 하는 의문문으로 끝나고 있다. 이렇듯 설명이나 주장을 유도하는 질문으로 도입 단락을 삼은 글은 대개 마무리 단락에서 답을 제시하면서 끝이 난다. 「내 자식이 최고야: 세습이라는 아이디어」의 마무리 단락을 보자.

다양한 해석이 제안되었다. 일반적으로 정신적이고 육체적인 속성들은 유전된다. 이것은 자수성가한 지도자의 자손들에게 유리한 편견을 만들어준다. 자녀 양육 본능에 따라 부모들은 자신의 지위와 재산을 자손에게 물려주고 싶어 한다. 따라서 타인들도 그렇게 하도록 허락한다. 세습 원칙은 경쟁을 단념시키므로 사회 평화에 도움이 된다는 인식이 퍼져 나간다. 그리고 지배 계급과 평민들 사이에 여가 시간의 불균형이 생긴다. 여가 시간이 많은 지배 계급은 자녀들을 좀더 훈련시킬 수 있게 된다. 오늘날에도 일부 국가에서는 세습 군주와 세습 의원이라는 장치를 유지하고 있다. 그리고 그들을 타락한 대중 정치와 투쟁으로 얼룩진 세상에서 벗어난 고상한 존재로 취급한다.

소위 문답問答 형식의 글에서 우리는 답答보다는 문問에 주목해야 한다. 「내 자식이 최고야: 세습이라는 아이디어」의 도입 단락에는 이런 대목이 있다. "초기 인간 사회는 불평등이라는 단어를 필요로 하지 않았다. 그것은 너무나도 자연스러운 것이었다." 그렇기 때문에 초기 인간 사회에서는 그 어떤 이도 "획득한 지위를 세습하자는 아이디어는 어떻게 등장할 수 있었을까?"와 같은 질문을 던질 수 없었을 것이다. 하지만 귀족 사회가 무너지고 시민사회가 형성되기 시작하면서 많은 사람이 이 질문에 다양하게 답해왔다. 세습에 대해 회의적인 생각을 가진 사람들이 오랜 세월의 숙고 끝에 물었기에 답할 수 있었던 것이다.

인류 문명의 진보란 것이 있다면, 그 진보는 바로 자연스럽다고 믿었던 사실에 대해 물음표를 던지는 사람들에 의한 것임이 틀림없다. 당연히 진보적인 글을 쓰려면, 도입 단락에서 질문을 던져야 한다. 그 질문이 창의적이기만 하다면, 그에 대한 답은 엉터리여도 좋다. 더 합리적인 답이 등장하기를 기다릴 수 있다는 것이야말로 커다란 진보이기 때문이다.

따라서 '질문 던지기'는 도입 단락을 쓰는 방식 중 가장 창의적이지만, 아쉽게도 가장 난해한 편에 속한다. '질문'의 테마에 대한 풍부한 지식과 창의적 상상력이 뒷받침되어야 하기 때문이다. 하지만 글쓰기 초심자들이라고 못 쓰란 법은 없다. 그들에게는 그들의 수준에 맞는 질문이 기다리고 있다. 다시 한 번 말하지만 답을 걱정하지 말고 질문에만 신경 쓰면 된다.

두 눈을 치켜뜨고 세상에 흔해 빠진 편견들을 둘러보라. 그리고 질문을 던져보라. 왜 자식은 부모의 결정에 의해 태어나야 하는가? 왜 전화요금을 개인이 부담하는가? 왜 선거권은 무료로 가지는가? 왜 언론은 돈을 받고 광고를 하는가? 왜 국가는 담배를 파는가? 예는 그만 들도록 하자. 이쯤 되면 글쓰기 초심자들의 문제는, 멋진 질문을 하지 못하는 것이 아니라, 좋은 답을 내놓지 못할까봐 지레 겁을 먹고 질문하지 않는 데 있다고 해야 할 것이다.

조정육의 『그림 공부, 사람 공부』의 서론에 해당하는 「그림 속에 글이 있었습니다」의 도입 단락을 더 살펴보자. 이 단락 역시 '질문 던지기' 방식으로 되어 있다.

> 미술사를 하면서, 오랫동안 그림에 대해 생각했습니다. 그림이 무엇일까. 어떤 그림이 명화이고 어떤 그림이 가치 있는 작품일까. 작가는 무엇을 그리고 어떻게 그려야 하며 그의 존재 의미는 무엇일까.

글 전체를 감안했을 때, 지나치게 많은 것을 묻고 있다. "그림이 무엇일까. 어떤 그림이 명화이고 어떤 그림이 가치 있는 작품일까. 작가는 무엇을 그리고 어떻게 그려야 하며 그의 존재 의미는 무엇일까." 이쯤 되면 꽤 두꺼운 책 한 권으로나 이야기해야 할 문제적 물음들이다. 물론 「그림 속에 글이 있었습니다」의 글은 이 질문에 대해 짧으나마 답을 해주고 있지만, 부족하기 짝이 없다. 왜 조정육은 이렇게 책임지지 못할 질문들을 도입 단락에서 남발했을까?

조정육의 의도는 따로 있는 듯하다. 작가는 도입 단락에서 던진 질문에 일일이 답할 생각이 애초부터 있지 않았다. 이는 마무리 단락에 잘 드러나 있다. 작가에게는 더 크고 중요한 질문이 중요했던 것이다. 그 질문은 바로 "어떻게 살 것인가?"다.

　　그러나 글을 쓰는 내내 잊지 않았던 것은 결국 어떻게 살 것인가에 대한 물음이었습니다. 어떻게 사는 것이 인간답게 사는 것인지, 어떻게 살아야 진실함과 성스러움에 가닿을 수 있는지 끊임없이 질문하며 쓴 글들입니다. 그리하여 그림 공부를 통해 사람이 되는 공부를 하고 싶다는 바람을 담았습니다. 오랫동안 깊은 시름에서 벗어나지 못한 벗이 있다면 이 책을 읽으면서 힘이 되기를 바랍니다. 예전에 제가 그랬듯이 답답한 골방문을 열고 앞서 간 선배들을 보며 큰 힘을 얻었으면 좋겠습니다. 그림을 보며 위로받고 용기를 얻었던 감사한 마음이 이 책을 읽는 벗에게도 전해지기를 기원합니다.

「그림 속에 글이 있었습니다」의 도입 단락에서는 그림과 화가에 대해 물었지만, 마무리 단락에는 '어떻게 사는 것이 인간답게 사는 것인지 공부하는 마음', '그러한 공부를 통해 독자들을 위로하는 저자의 따뜻한 마음'이 담겨 있다. 본문을 모두 다 쓴 후에 「그림 속에 글이 있었습니다」가 쓰였다는 점을 고려하면, 저자야말로 그림 공부를 통해 사람 공부를 제대로 한 셈이다. 조금은 산만한 글이었지만, 마음 따뜻한 저자를 만나보고 싶어진다. 『그림 공부, 사람 공부』를 다시 읽고 싶다.

어느 역사학자는 예술사 책을 쓰기 위해 20년 동안이나 자료를 모아왔다. 그런데 책 집필을 시작하려는 그에게 한 가지해결해야 할 문제가 있었다. "어떤 사람들을 염두에 두고 책을써야 하는가?" 그는 이 질문에 아직 답하시 못하고 있었다.

예술을 전공하는 학생들을 위해 쓰고 싶지는 않았다. 그들은 이미 무수한 논문, 수십 권의 책과 편람, 과거·현재·미래의 모든 거장의 그림과 데생과 판화를 담은 화보집의 산더미에묻혀 있을 것이기 때문이었다. 그렇다고 예술에서 '교훈을 얻고 좀더 잘 감상하기' 위해 예술을 사랑하는 귀부인이나 '예술이 뭔지는 모르지만 내가 무엇을 좋아하는지는 안다'는 그들의남편을 위해서도 아니었다.

"어떤 사람들을 염두에 두고 책을 써야 하는가?" 이 질문에대한 답을 여전히 찾지 못하던 그는 어느 날 기차 여행을 하고있었다. 바로 그날, 이유는 잘 모르지만, 기차가 잠시 정차하게되었다. 역사학자는 차창 밖에 보이는 황량한 풍경을 물끄러미바라보았다.

기찻길에서 200미터쯤 떨어진 곳에 농가 한 채가 보였다.미적 감각이라고는 전혀 없는 목수가 지었는지 너무도 볼품이없었다. 조금만 신경을 썼다면 충분히 아름다워질 수도 있었을텐데, 하는 생각에 역사학자는 마음이 착잡해졌다.

그런데 그곳에서 빨간 목도리와 빨간 털모자를 쓴 두 아이가 나왔다. 남자 아이와 여자 아이였다. 열두 살쯤 되었을까. 두 아이는 역사학자가 탄 기차를 신기한 듯 바라보고 있었다. 그 아이들에게 기차는 전혀 다른 세계, 즉 분홍 갓전등 아래서 생과자를 먹는 세계, 여자들이 온갖 화려한 천으로 만든 옷을 입는 세계, 남자들은 한 시간 동안이나 여유롭게 책과 연극과 세상 이야기를 할 수 있는 세계, 그래서 실용적이라는 미명 아래 모든 것을 무자비하게 희생시키지 않아도 되는 세계와 연결될 수 있는 유일한 고리였는지도 모른다.

그가 생각하기에, 안타깝지만 그 아이들은 그 놀라운 세계를 경험하지 못할 것 같은 생각이 들었다. 아직은 '교육' 기회라는 것이 아무 아이들에게나 주어지지 않는다는 것을 그는 잘 알고 있었기 때문이다.

슬픈 현실에 대한 상념에 사로잡혀 아이들을 딱하게 여기던 중, 그가 미처 보지 못했던 것이 눈에 들어왔다. 여자 아이의 옆구리에는 그림 가방이, 남자 아이의 손에는 바이올린 가방이 들려 있었다.

그때 다시 기적이 울리고, 기차는 서서히 미끄러지며 아이들과 멀어져 가기 시작했다. 그때였다. 아이들의 빨간 목도리와 털모자가 점처럼 작아져가기 시작하는 바로 그때, 모든 것이 분명해졌다. "어떤 사람들을 염두에 두고 책을 써야 하는가?" 이 골치 아픈 질문에 역사학자는 대답할 수 있게 되었다.

그는 결심했다. 누구보다도 그 빨간 목도리에 빨간 털모자를 쓴 두 아이를 위해서, 한 명은 바이올린 가방을 들고 한 명은 그림 가방을 옆구리에 끼고 있던 두 아이들을 위해서, 떠나가는 기차를 하염없이 바라보고 있던 그 고독한 두 아이를 위해서 책을 쓰기로 결심했다.

이 아름답고 슬픈 이야기는 헨드릭 빌렘 반 룬의 『반 룬의 예술사 이야기』의 서문을 요약 정리한 것이다. 이 책은 과연 그 두 아이를 위해 쓰이기라도 한 듯, 유구한 예술의 역사를 자상하고 따뜻하고 재미있는 화자의 음성으로 들려주고 있다.

모든 글은 "무엇을 쓸 것인가?", "왜 쓸 것인가?", "누구를 위해 쓸 것인가?", "어떤 방식으로 쓸 것인가?" 등의 질문들에 답할 수 있을 때에만 관점이 선다. 그 관점은 글의 내용과 성격, 주제와 논리 전개를 완전히 좌지우지할 수 있다. 질문이 관점을 만들고 그 관점이 자료를 엮으며 글을 완성하는 것이다. 따라서 가장 못난 글은 관점이 없는, 즉 글쓴이가 스스로 던진 질문에 대한 답을 미처 찾지 못한 채, 쌓아둔 자료를 두서없이 늘어놓은 뒤 자기 자랑만 잔뜩 한다.

'질문 던지기'로 도입 단락을 쓰기 위해서는 어떤 훈련을 하면 좋은가? 이제 나는 글쓰기 초심자들에게 이 질문에 대한 답을 제시해야 한다. 하지만 반 룬의 가슴 따뜻한 사연을 알고 있는 한, 그들은 그 답을 굳이 들을 필요가 없을 듯하다. 그들은

이미 알고 있다. 글쓴이가 던져야 할 가장 중요한 질문은 "내가
과연 가지고 있는가?"다. 세상의 그늘진 곳에 고독하게 남겨진
독자들을 위한 사랑의 마음을······.

역사를 돌아보라

역사의식이란 과거의 과거성뿐만 아니라
과거의 현재성에 대한 인식까지 포함한다.

— 토머스 S. 엘리엇(영국의 시인)

 "우리가 경험에서 배우는 것에 자부심을 느낀다면, 인류의
경험은 우리가 반드시 알아야 할 가르침의 원천일 것이다. 세
상에서 현재 일어나는 일이 과거에 일어난 일과 똑같은 경우는
거의 없지만, 묘하게도 현재는 과거와 닮은 구석이 있다." 영국
의 철학자 앤서니 그레일링의 말이다. 역사적 사실을 도입 단

락으로 삼고, 현재적 사실에 주목하는 글은 그 묘하게 닮은 구석을 제대로 발견하느냐 못하느냐에 의해 성패가 결정된다.

조선시대 언론을 담당하는 언관言官(조선시대 홍문관, 사간원, 사헌부의 삼사에 속하여 임금의 잘못을 간하고 백관의 비행을 규탄하는 벼슬아치)은 바른 소리 못하면 자연스레 도태되고, 바른 소리 않으면 직무 유기로 처벌받기 십상이었다. 언관은 국가의 대소사는 물론하고 정론을 세워 발언하고 비분강개함이 기질적 특성이었다. 젊은 시절 치열한 비판 의식으로 불의에 대응하고 목에 칼이 들어와도 할 말은 해야 언관 노릇을 제대로 했다고 평가받았고, 그런 사람만이 능력을 인정받아 정승, 판서 등 높은 자리까지 오를 수 있었다.

이 글은 역사학자 정옥자의 「곧고 바른 소리」의 도입 단락이다. 조선시대 언관들의 절개를 예찬하고 있는 글이다. 또 목에 칼이 들어와도 할 말은 제대로 하는 언관들만이 조정의 높은 관직에 오를 수 있었던, 즉 인사가 비교적 정의롭게 이루어졌던 조선 왕조에 대해서도, 노골적이지는 않지만 함께 예찬하고 있다.

「곧고 바른 소리」가 실린 『오늘이 역사다』는 그 제목에서 눈치 챌 수 있겠지만, 정옥자가 법고창신法古創新의 정신으로 쓴 잡문들을 모은 책이다. 법고창신이란 "오늘의 문제를 역사의 창을 통해 비춰 보고 문제 해결의 실마리를 찾고자 함"을 말한다. 아닌 경우도 많겠지만, 바로 이 법고창신의 정신 때문에 역사적 사실을 제시하는 것으로 도입 단락을 삼는 일은 글쓰기에서 매우 유용하다. 「곧고 바른 소리」 역시 '오늘의 문제'에 주목한다. 오늘이 어떠하길래 그러한가?

대기업이 기업을 선전하려고 만든 신문사가 생겨나고, 그에 따라 자본을 등에 업은 물량주의 경쟁까지 치열해졌다. 그러한 과다 경쟁 속에서, 10년 근무 경력의 기자가 일주일에 쓰는 기사는 평균 12건이라고 하니 기자가 기사 제조기라 해도 과언이 아니다. 겨우 대학 4년을 다닌 기자에게 정견正見을 기대하기 어려우니 '신문사 학술부'와 같은 부서를 만들어 공부하는 기자를 키우는 일이 필요하건만 이는 요원한 일이다.

짧은 시론時論에 해당하는 「곧고 바른 소리」는 강직한 언관 출신의 선비가 정승·판서가 되는 '언관의 전통'이 우리 역사에 존재했다는 점, 그러한 역사적 전통에서 현재의 우리 언론이 정체성을 세울 모델을 찾을 수 있다는 점을 들어 한국 언론의 미래상을 제시하는 글이다. 이는 마무리 단락에서 분명해진다.

한국 언론은 역사가 짧고 흥미 위주의 뉴스거리를 확대 재생산하는 일에만 눈독을 들이는 서구 언론을 좇을 필요가 없다. 오히려 우리 전통시대 언관의 불요불굴의 정신과 불의에 타협하지 않던 언론 정신을 본받아 정체성을 세우고 전통을 지켜가야 할 것이다.

『오늘이 역사다』의 서문에는 다음과 같은 저자의 소망이 적혀 있다. "(이 책에 실린) 글이 우리 역사를 비추어 보고 내일의 문제를 푸는 열쇠를 찾아낼 수 있는 자그마한 디딤돌이 되기를 바란다. 일정한 기준 없이 어지러운 이 시대에 하나의 방향타를 제시한다는 의미로 이해해주기 바란다."

「곧고 바른 소리」에는 언관 노릇을 제대로 했다고 평가받아 정승·판서 등 높은 자리까지 오를 수 있었던 우리 선비들 면면이 소개되어 있지 않다. 그들이 얼마나 강직한 언관이었는지, 그들이 어떤 시점에서 어떤 정견을 누구를 위해 폈기에 높은 관직까지 오를 수 있었는지도 예시되어 있지 않다. 그다지 친절한 글은 아닌 듯하다.

이 글이 단문의 시론임을 감안하더라도 이러한 불친절은 위험한 논리로 독자들을 잘못 인도할 수 있다. 즉, "예전에는 좋았는데"와 같은 퇴영적 복고의 탄식만을 줄 수 있고, '오늘의 문제' 한복판에서 우리가, 아니 바로 내가 어떻게 법고창신의 첫 발걸음을 떼야 하는지에 집중하지 못하게 만들 수도 있다. 당장 왕권王權과 신권臣權이 팽팽하게 대립하던 시대에, 그것도 당파성이 짙던 정치적 환경 속에서, 언관들이 택할 수 있는 길이 과연 정당했을까 하는 의문도 풀리지 않는다.

정옥자의 책 제목처럼 분명 "오늘이 역사다". 하지만 이는 다분히 수사적인 표현일 뿐이다. 어떻게 '오늘'이 '역사'가 되는지, 친절하고 치밀하게 둘 사이의 상관관계를 설명해주어야 할 것이다. 물론 2~3페이지의 짧은 글에서 충분히 논의되기 힘들었음은 거듭 인정하지만 말이다.

서양사학자 주경철의 「국가와 종교, 그리고 소수 집단」을 살펴보도록 하자. 주경철은 2001년, 여호와의 증인이라는 소수 종교인들이 군 복무를 거부하며, 5~6년 정도의 대체복무를 요구하는 문제가 한참 논란이 되었을 때, 국가가 별 고민 없이 병역거부자들을 감옥에 처넣어 버리는 현실이 개탄스러워 이 글을 썼던 모양이다.

주경철은 개탄스러운 현실을 비판하기 위해 종교 해석 문제와 권력 장악 문제 등 다양한 이유로 구교도들이 신교도들을 마구 죽인 '성 바르톨로뮤 대학살'이라는 역사적 사실을 도입 단락으로 삼았다.

1572년 8월 23일 밤, 파리. 루브르 궁 옆에 있는 생제르맹세루아 성당의 종이 미친 듯이 울렸다. 원래 성당의 종소리는 서로 사랑하며 살라는 하느님의 뜻을 온 세상에 알리는 것인데, 이날의 종소리는 아주 특이했다. 당시 증가일로에 있던 칼뱅파 신도들이 권력에 근접해가고 있는 데 두려움을 느낀 프랑스 왕실은 파리의 가톨릭(구교) 신도들을 교사해서 이날 밤의 종소리를 신호로 하여 칼뱅파(신교) 신도들을 '청소'하기로 했던 것이다(이날 밤부터 시작하여 며칠 동안 학살 사건이 지속되어 파리에서만 약 3천 명이 죽임을 당했다).

당시 신교도 화가였던 프랑수아 뒤부아는 이 참혹한 장면을 담은 한 폭의 그림을 그렸다. 이 그림을 보고 있노라면 인간이 어느 정도까지 잔혹해질 수 있는지가 실감이 난다. 몽둥이로 때려죽이는 모습, 칼로 배를 찌르는 모습, 창문 밖으로 사람을 떨어뜨리는 모습, 목을 썰어서 피가 뚝뚝 듣는 시체, 한곳에 잔뜩 쌓여 있는 시체, 시체들이 둥둥 떠내려가는 센 강……. 구교도들은 자신의 행위가 진정한 종교를 수호하고, 올바른 대의를 위해 국가에 충성하는 정의로운 일로 여겼을 것이다.

「국가와 종교, 그리고 소수 집단」에서 주경철이 개탄스러워하는 가장 중요한 이유는 이제껏 병역거부 문제에 대한 논의 자체가 전혀 없었다는 점이다. 결국 다각적이고 심층적인 논의 한 번 없이, 국가가 소수 집단에 불과한 여호와의 증인의 병역거부자들을 감옥에 처넣어 이 문제를 종결지으려 하는 현재의 사실과 '성 바르톨로뮤 대학살'이라는 역사적 사실 사이의 유사점에 주목한 것이다. 이는 마무리 단락에서 확실하게 드러난다.

그러기 위해서는(우리가 이 나라의 주인으로서 우리의 권리를 지키기 위해서는) 다시 강조하거니와 관대하고 아량을 가진 사회가 되어야 한다. 남의 생각을 존중하는 자세를 가져야 한다. 성말 아무렇지도 않게 일순간의 고민도 없이 "그런 놈들은 집어 처넣어야 해" 하고 말하는 한 이 사회는 미개의 구렁텅이에서 헤어나오지 못한다. 그런 사회에서 어떤 일이 일어나는가를 알고자 하면 지금부터 400년 전에 그려진 성 바르톨로뮤 축제의 학살 사건의 그림을 한 번 더 보시라.

분명 현재가 과거의 동일한 반복일 수는 없다. 그렇다고 과거를, 현재를 바라보는 거울로 삼는 일이 무용無用하다고는 볼 수 없다. 시공간적인 거리가 멀다 해도, 과거와 현재는 확실히 닮은 데가 있다. 그런 점에서 주경철의 「국가와 종교, 그리고 소수 집단」에 대한 분석을 다음과 같이 세 가지로 정리하면 어떨까 한다.

우리나라와 같이 같은 종교 내의 신념 차이로 인한 종교전쟁의 역사를 가져본 적이 없는 경우, 국가와 종교와 군사라는 서양 근대의 핵심 요소들이 맞물려 있는 문제는 서양의 역사에서 거울을 찾는 것도 나쁘지 않다. 서양은 이미 오래전에 종교적 신념과 관련한 불관용의 문제를 심각하게 논의 대상으로 삼은 바 있다. 따라서 주경철은 이미 충분히 검증된 근거를 확보해서 설득력을 얻는 데 유리한 글을 썼다.

또한 볼테르를 비롯한 수많은 학자가 불관용의 대명사로 생각하는 '성 바르톨로뮤 대학살'을 묘사한 프랑수아 뒤부아의 그림을 논의의 매개로 삼아 독자들의 공감을 유도했다. 불관용의 참상을 시각적으로 느낄 수 있다면, 지금 수천 명이나 되는 양심적 병역거부자들이 감옥에서 겪을 고통도 어렵지 않게 상상할 수 있을 것이다.

마지막으로 불관용 문제가 "그런 놈들은 집어 처넣어야 해" 같은 비이성적인 국가 권력의 광기로 인해 생겨났다는 점을 부각시키면서 시민의식만이 문제 해결의 열쇠라는 결론에 도달하고 있다. 시민의식, 즉 시민의 자유와 양심이 국가 권력의 광기를 잠재운 경험은, 짧지만 치열했던 우리 현대사도 충분히 쌓은 바 있기에, 설득력을 얻을 만한 주장으로 마무리할 수 있었다.

'역사적 사실'로 도입 단락을 쓰기 위해서는 어떤 노력이 선행되어야 할까? 당연히 역사 공부를 많이 해야 한다. 그러나 역사 공부는 '역사적 사실'로 도입 단락을 쓰기 위해서만 하는 공부가 아니다. 아니 그런 의도로 공부해서는 제대로 된 역사 공부가 불가능할지도 모른다. 역사는 역사 그 자체로 충분히 가치 있고, 교훈적이며, 중립적이다. 따라서 역사 공부에 매료되어 내공을 다진 사람은 삶의 진정한 가치와 준엄한 정의를 깨닫게 되고 편향적 사고에서 자유로워진다.

'역사적 사실'로 도입 단락을 쓰기 위해 억지로 역사책을 뒤지는 사람은 절대로 현재의 사실이나 사건을 바로잡고 더 나은 미래를 도모하는, 좋은 글을 쓰지 못한다. 몇 번을 읽었는지 모르는 역사책의 행간에서 오늘의 세태와 닮은 구석이 문득 보일 때, 아주 가끔씩만 보이는 바로 그때, 조심스럽게 글을 써야 한다. 과거와 현재는 '묘하게' 닮아 있기 때문이다. 이 말은 닮은 면을 찾아내기가 그만큼 까다롭다는 뜻이기도 하다. '역사적 사실'로 도입 단락을 삼은 글들 중 대부분이 매우 부실하게 느껴지는 것은 바로 이런 이유에서일 것이다.

신중하게 주장하라

급진주의자는 새로운 견해를 만들어내고,
그 견해가 그들에게 낡은 것이 될 때쯤
보수주의자들이 그것을 받아들인다.

— 마크 트웨인(미국의 작가)

글쓰기와 관련해 답하기 어려운 질문 중 하나는 "글쓰기가 꼭 메시지를 명시적으로 담고 있어야 하는가?"다. 사회적 사건 (혹은 세태)에 대한 정보를 제시하고 중립적 시각에서 그 정보를 분석하는 데 그치는 글쓰기는 안전하다. 그런데 그 중립적 분석에서 한 발짝 더 나아가 주관적 비판이나 옹호의 메시지를 담는 순간 글쓰기는 위태로워진다. 이쪽이냐 저쪽이냐 하는 당파성에서 자유로운 글쓰기는 드물다. 설령 가끔 있다 하더라도, 그렇게 읽는 독자가 드물다. 글쓰기의 비극이다.

21세기 대한민국은 '외로움'이 일상화된 시대. 영화를 보려고 극장을 찾는 관객의 35퍼센트는 혼자 영화를 보러 온 사람들이며 여행을 떠나는 관광객의 41퍼센트는 친구 없이 홀로 길을 나선 이들이다. 이 같은 추세라면 2030년에는 도시에 사는 젊은이의 60퍼센트가 형제 없이 자라고, 20대의 55퍼센트는 부모와 떨어져 혼자 생활하게 될 전망이다. 그러다 보니 요즘 젊은이들 사이에선 '혼자서도 재미있게 노는 법'이 인기다. 인터넷에 올라온 온갖 종류의 '혼자 노는 법'에 놀라게 되는데, 그중에서도 셀카는 '혼자 놀기의 진수'다.

물리학자 정재승은 「셀카에는 배경이 없다」에서 디카(디지털카메라)와 폰카(카메라폰) 덕분에 자연스러운 문화로 자리 잡게 된 셀카(셀프카메라)에 대해, 이는 '개인사적 순간의 기록'으로서가 아니라 '자연스러운 일상을 담아내려는 소박한 노력'이기 때문에 배경이 필요하지 않다고 분석하고 있다. 따라서 이 글은 점점 혼자 놀기를 좋아하는 '요즘의 세태'를 객관적으로 기술한 도입 단락이다.

'혼자 놀기의 진수'라고 할 수 있는 셀카는 더불어 사는 공동체에서 형성된 이제까지의 문화와는 달리, 외로움이 일상화된 시대에 과학기술이 개인에게 안겨준 문화다. 더욱 놀라운 사실은 실제로 셀카족들은 정확한 자신의 모습을 찍으려 하기보다는 '셀카만의 이미지'를 즐기고 있다는 점이다. 그들이 원하는 것은 정확한 삶의 기록이 아니라 지금 이 순간 내 모습을 가장 예쁘게 변형해서(이른바 '얼짱 각도'로) 담고 싶은 '나르시시즘적 욕망의 구현'이다.

　나의 진짜 모습이 아니라 '가장 왜곡된 모습'을 담아낸다는 점에서 셀카는 '삶의 기록'이 아니라 '욕망의 기록'이다. 그것도 외로움이 일상이 되어버린 개인의 욕망 말이다. 정재승은 「셀카에는 배경이 없다」의 마무리 단락에서 제목 그대로 '셀카에는 배경이 없다'는 객관적 사실만을 기술하면서 글을 마무리하고 있다. '셀카' 문화에 대한 비판도 옹호도 없이, 그저 세태 그 자체에만 주목하고 있다. '배경을 잃어버린 외로운 개인들의 창백한 자화상'이니 '공동체 붕괴 이후에 등장한 창조적 존재들의 21세기형 자아 인식'이니 하는 따위의 주관적 분석이 없다.

　'사회적 사건'이 도입 단락을 장식하고 있는 글 중 다수는 그 사건에 대한 비판이나 옹호를 목적으로 쓰인다. 우리가 자주 접하게 되는 신문기사나 칼럼이 바로 그런 글일 것이다. 아래의 글은 비교적 진보적인 신문에 실린 기사의 도입 단락이다.

정부가 4일 내놓은 '고용률 70% 달성을 위한 로드맵'의 요지는 노동시간 축소와 유연근로(일하는 시간과 기간을 근로자가 정하는 근로) 확대로 압축된다. '정규직-비정규직-시간제'로 서열화된 구조와 전일·초과 근로 중심의 문화가 극대화한 한국 노동사회를 몇 년 안에 대수술하겠다는 얘기다. 노동계와 학계는 정부가 긴급한 노동문제를 외면하면서 비현실적인 고용률에만 집착한다고 비판한다. (임인택·이정국, 「'70%' 고용률 수치에 집착⋯일자리 질 더 나빠질 우려」, 『한겨레』, 2013년 6월 4일.)

신문기사는 순수하게 팩트만을 전달해야 하는 것으로 흔히 알려져 있지만, 신문사의 편집 방침에 따라 기자 나름의 판단이 개입될 가능성은 언제나 존재한다. 이 글만 보아도 "노동계와 학계는 정부가 긴급한 노동문제를 외면하면서 비현실적인 고용률에만 집착한다고 비판한다"로 끝맺고 있다.

사회적 사건은 과학적 실험 결과와는 달리 팩트의 순수성이 그다지 보장되지 않는 글쓰기 대상이라고 보아야 할 것이다. 물론 순수성이 보장되지 않는 글이 바람직하지 않은 것은 아니다. 아니 도리어 바람직한 일이라고 해야 옳을지도 모른다.

사회적으로 이슈화된 사건이란 객관적으로 평가되기엔 아

직 실체가 온전히 드러나지 않은 경우가 많다. 따라서 유연근로 확대, 노동시간 단축, 창업·서비스업 일자리 확대 등으로 해마다 평균 47만 6,000명씩 모두 238만 1,000명을 2017년까지 신규 취업시키겠다는 내용의 '고용률 70% 로드맵'에 대한 이 기사는 때 이른 우려일 수도 있다.

이 기사 중반에는 노동계 인사와 학계 인사의 평가를 소개하고 있는데, 그들이 노동계와 학계의 견해를 얼마나 대표하는지도 정확히 알 수 없다. 다른 언론사들이 써낸 기사와 달리, 도입 단락에서부터 마무리 단락까지 시종일관 우려의 뜻만을 담은 이 기사에 독자들이 특별히 많은 신뢰를 보낼 것 같지는 않다.

자본을 앞세운 언론사들이 자사의 기자들이 써대는 기사를 억지로 팩트화하며, 소위 '언론 권력'의 중심부를 장악하려는 비열한 행태에 굳이 눈감아서는 안 된다. 조금은 신중하게 그들의 행태에 맞서는 참을성이 필요하다. 또한 시민들이 '고용률 70% 로드맵'에 대한 평가에 충분히 참여할 수 있을 때까지, 선정적으로 맞서지 말고 조심스럽게 기다려야 할 것이다.

이는 굳이 신문기사를 쓰는 기자의 덕목만은 아닐 것이다. 이런저런 논란이 있는 말인지는 모르지만, 그 어떤 글쓰기도 사회적 사건에 대해 다수의 시민만큼 공정한 태도를 가질 수는 없다고 본다. 일기장에 써두고 자신만이 보는 글이 아니라면, 글이 공적 영역에 들어선 그 순간, 그 글의 주인은 글쓴이가 아니라 독자들이다. 사회적 사건이 아무리 개탄스러울지라도, 특정인 혹은 특정 집단에 대해 인신공격을 일삼는 글로 독자들의 미간을 찌푸리게 해서는 안 된다.

결론적으로 말해, 사회적 사건을 도입 단락으로 삼아 그 사건에 대해 비판하는 글이라면, 시민과 독자의 의식과 안목을 신중하게 고려할 줄 알아야 한다. 그래서 팩트는 한 걸음 더 나아가고 비판은 한 걸음 더 물러날 때, 비로소 팩트도 팩트다워지고 비판도 비판다워진다. 그렇게 하지 않을 경우, 특히 진보주의자들이 독선에 빠진 글을 쓸 경우, 진중권이 지적한 끔찍한 일이 벌어질 것이다.

> 진보주의자들은 특유의 진지함 속에서 자신의 수사를 '사실'로 믿어버린다. 한때 사람들을 설득하기 위해 쓴 수사적 과장이 어느새 신념으로 굳어버린 것이다. 누가 수사학을 '공허하다'고 했는가? 설령 공허할지라도, 그 공허함 안에 사람이 갇힐 수 있다. 그때쯤 되면 사람이 말을 하는 게 아니라, 하이데거의 표현을 빌리면, '말이 말을 한다Die Sprache spricht'.

2012년 8월 20일, 한국언론진흥재단은 재단 50주년을 맞아 '이 시대 기자는 누구인가?'라는 주제로 세미나를 개최했다. 발제에 나선 모 교수는 다양한 언론 매체의 기자 667명을 대상으로 한 '기자 의식 조사'를 보면 기자들이 생각하는 국민의 '언론 신뢰도'는 11점 만점에 5.9점이었다고 말했다. 이는 기자들 스스로 생각해도 언론에 대한 신뢰도가 높지 않다는 것을 뜻한다. 기자들이 그럴 때 시민들은 오죽할까 싶다.

하기야 팩트를 왜곡·가공해서 비판하거나 지지하는 보도를 일삼는 우리나라 언론에 대한 불신은 어제오늘 일이 아니다. 뉴스는 사방팔방에서 날아온 새로운 사건과 정보를 전달해 주는 공정한 보도가 아닌 지 꽤 오래 되었다. 가장 전통이 깊고 권위도 있는 언론이라 할 수 있는 신문의 위상도 떨어질 대로 떨어져 구독률이 가파르게 하락하고 있다.

사정이 그러하다면 사회적 사건을 문제 삼는 글쓰기는 지식인의 몫일까? 안타깝게도 실상은 그렇지도 못하다. 지식인답지 못한 지식인이 많기 때문이다. 사회운동에는 무관심한 채 냉철함만을 앞세우고, 지나치게 이상적인 전망만을 내다보며, 지금은 특별히 행동하는 지식인이 필요 없다는 안일한 생각을 하고 있는 사이비 지식인들 말이다.

언론도 안 되고 지식인도 안 된다면, 과연 누구여야 한다는 말인가. 나는 '정의로운 시민의 한 사람으로서 글을 쓰는 모든 사람'이 글쓰기의 진정한 주체가 되어야 한다고 생각한다. 물론 이때 글 쓰는 모든 사람은 "정의란 무엇인가?", "글쓰기는 어떤 성격의 행위인가?"와 같은 질문에 당당하고 합리적으로 대답할 수 있을 만큼 성숙한 시민이 될 필요가 있다.

그렇듯 성숙한 시민이 되라고 가르치는 교사가 있다. 반면 교사여서 그렇지, 좋은 교사가 없는 것은 아니다. 바로 지금 이 순간에도 수없이 쓰이고 있는, 사회적 사건을 비판하는 수많은 글이다. 보수와 진보로 양분되어 극단적 비판을 하는 우리나라 언론인들과 장단을 맞춰 가며 언론권력의 나팔수를 자처하는 사이비 지식인들의 글들을 꼼꼼히 살필 필요가 있다. 그런 글들처럼 써서는 안 되기 때문이다.

성숙한 시민의 한 사람으로서 글을 쓰는 일은 많은 시행착오를 거쳐야 가능하기 때문에, 실패를 두려워할 필요는 없다. 어정쩡한 양비론이나 양시론에 머물지 말고 단호하게 써야 한다. 우리가 반면교사를 거울 삼지 않는다거나 겸허하게 반성하는 일을 게을리 한다면, '성숙한 시민으로서 글을 쓰는 사람'이 될 수 없기 때문이다. 따라서 '반성하는 지성'이 중요하다.

사회적 사건을 도입 단락으로 쓰려면? 이 질문에 대해 산만하게 답을 제시한 듯해, 차분하게 정리해보겠다. 첫째 복수의 신문을 읽는 습관을 들인다. 둘째 정치적 편견이 깃들 만한 사건에 대한 기사나 칼럼을 꼼꼼하게 읽는다. 셋째 그 사건이 사회적 차원에서 중요한 담론으로 거론될 때까지 기다린다. 넷째 억지로 편을 가르고 상대편에 대해 불관용해서는 안 되겠지만 양비론이나 양시론은 더 안 좋은 선택이니, 글을 쓸 때 단호함을 잃지 않는다. 다섯째 자신의 주장을 반성하는 마음을 두고 두고 간직한다.

실제로 요즘은 사회적 사건을 다루는 글이 일반 시민에 의해 쓰인 경우가 늘고 있다. 인터넷이나 SNS 덕분이다. 하지만 일반 시민들의 글에서마저 기성 언론인들이나 사이비 지식인들의 구태舊態가 보이니 안타까운 노릇이다. 양식 있는 시민이 글쓰기 주체가 될 수 있는 요즘 같은 시대가 오기까지 얼마나 높은 산을 넘고, 깊은 강을 건넜는지, 그 처절한 역사를 생각해보라!

사회적 사건을 도입 단락으로 쓰는 일은 쉽다. 아니 어떤 글을 쓰든 도입 단락을 쓰는 일은 쉽다. 하지만 그 도입 단락을 책임지는 글을 합리적이고, 공정하게 쓰는 일은 매우 어려운 일이다. 언론인이든 지식인이든 일반 시민이든, 글쓰기 문화의 다양한 주체들이 저마다의 목소리를 내는 것은 바람직한 일이다. 더 바람직한 일은 누가 글을 쓰느냐가 아니라 누가 자신이 쓴 글에 대해 책임지느냐다.

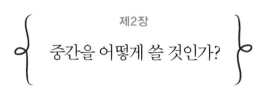

제2장

중간을 어떻게 쓸 것인가?

때로는 쓰기 싫어도 계속 써야 한다.
때로는 형편없는 작품을 썼다고 생각했는데
결과는 좋은 작품이 되기도 한다.

스티븐 킹 Stephen King, 1947~

비교하라

둘째 며느리 얻어 보아야
맏며느리 착한 줄 안다.

— 한국의 속담

어떤 대상의 본질이나 속성을 다른 대상과 관계를 맺어 설명
할 경우 비교(광의의 비교) 방식을 사용한다. 비교는 크게 '비교'
(협의의 비교)와 '대조'로 나뉜다. 비교가 둘 이상의 대상 사이의
유사점에 입각한다면, 대조는 오히려 차이점에 입각한다는 점
에서 서로 다르다. 하지만 비교와 대조를 그냥 비교로 통일해

서 부른다. 효과적인 비교를 위해서는 무엇보다 두 대상을 잘 정해야 한다. 비교는 보통 두 대상을 두고 이루어진다. 아래는 비교가 이루어진 한 단락의 예다.

소크라테스는 혼란스러운 시대가 언제나 그랬듯이 이상의 상실과 상대주의적 도덕관 속에서 인간의 삶과 도덕에 대한 절대적 규범을 구하려고 한 사람이었다. 이런 소크라테스의 사상적 적인 소피스트들은 지식을 일종의 기술로 생각했고, 진리 역시 상대적이며 사람에 따라 다른 것으로 보았다. 소피스트를 대표하는 철학자인 프로타고라스가 '만물의 척도는 사람이다'라고 한 것도 진리의 상대주의를 주장한 것이라 할 수 있다.

비교는 한 단락 안에서 이루어지기도 하지만, 앞 단락에 하나의 대상만 언급되었을 때는 그 대상과 비교되는 다른 대상에 대해 언급하는 단락이 이어진다. 후자일 경우, '이에 비해', '그와 달리', '한편' 등의 연결어가 이어지는 단락의 첫머리에 등장하기도 한다.

(가) 사직社稷을 기반으로 한 권위적 지배 구조는 지배자만이 아니라 국민들에게도 내면화되었다. 지방의 하급 관리들과 백성들은 얼굴도 본 적이 없고 목소리도 들어본 적이 없는―따라서 어

떤 의미에서는 존재조차 불확실한-중앙 지배자의 권위를 인정하고 숭배했다. 단적으로 말하면, 동양 사회는 한 가정의 가부장제가 전국으로 연장된 체제였다. 그것도 면식조차 없는 가부장을 섬기는, 지금으로서는 도저히 이해할 수 없는 체제였다.

(나) 이에 비해 서양의 역사에서는 한 번도 동양식 왕조처럼 지배자가 절대 권력을 누린 적이 없었다. 서양사에서 동양식 지배자에 가장 근접한 지배자들이 등장하는 시기는 17~18세기의 절대주의 시대지만, 명칭이 무색하게도 그 시기 유럽 군주들의 왕권은 동양의 지배자에 비하면 전혀 절대적이지 못했다.

남경태의 「혁명이 부재한 역사」는 일찍이 안정된 권력구조와 사회구조를 갖추었지만, 대항해 시대 이후 동양이 서양에 굴복한 이유를 '혁명'의 부재로 보고 기본적으로 '혁명'의 유용성을 인정하는 글이다.

(가)와 (나), 두 단락은 「혁명이 부재한 역사」 중간쯤에 있다. 남경태는 동양의 '사직을 기반으로 한 권위적 지배 권력'과 서양 지배자들의 상대적으로 약했던 권력을 비교하고 있다. 그런데 일반적으로 글을 쓰는 사람들이 우선 앞 단락을 쓴 이후, 고민 끝에 비교 단락을 이어쓰는 경우는 별로 없다. 남경태도 애초에 (가)와 (나)를 함께 구상한 상태에서, (나)를 (가)에 이어썼을 가능성이 많다. 따라서 한 단락을 제법 길게 쓰는 사

람이라면 (가)와 (나)는 그냥 한 단락으로 묶어버릴 수도 있다. 두 단락이 그만큼 긴밀하게 연결되어 있다는 말이다.

글쓰기 양식은 서사, 묘사, 설명, 논증, 이렇게 네 가지로 크게 나눌 수 있다. 그중 가장 많이 쓰이는 양식은 역시 설명이다. '독자의 의문이나 궁금증을 풀어주고 독자의 이해를 돕는' 설명에는 비교, 분류, 인과적 분석, 정의, 예시 등이 있다. 이것 말고도 많은 설명 방법이 있지만 여기에서는 이 다섯 가지만 언급하기로 하자. 이들 중 실제 글쓰기에서 가장 많이, 가장 유용하게 사용되는 것은 역시 비교다.

비교의 성공 여부는 둘 이상의 비교 대상이 비교하기에 적절한지에 달려 있다. 남경태의 「혁명이 부재한 역사」에서 인용한 두 단락은 동양의 역사와 서양의 역사를 비교하고 있는데, 이는 매우 흔히 이루어지는 비교 중 하나다. 동서양 비교 하면 으레, 아리스토텔레스의 후예와 공자의 후예의 비교로 간단히 생각해버리는 일은 오류일 가능성이 많다. (가)와 (나), 이 두 단락에서 남경태가 동서양을 비교한 의도가 무엇인지는 충분히 이해할 수 있다. 이 두 단락이, 동서양 비교가 으레 그렇듯이, 그러한 오류를 범하고 있는 것은 사실이다.

동양과 서양을 비교할 때 말고도 인간과 동물, 남자와 여자, 기성세대와 신세대 등을 비교할 때도 우리가 간과하지 말아야 할 것은 인간, 동물, 남자, 여자, 기성세대, 신세대 들이 예외 없이 단일한 정체성을 가진 존재가 아니라는 점이다. 단락 이어쓰기에서 비교는 비교적 간단한 방법이라고 생각하기 쉽지만, 실상은 오류투성이인 경우가 많다.

다음으로 비교가 비교처럼 보이지 않는 경우를 살펴보자. 글은 수학의 풀이 과정이 아니어서 다분히 수사적이다. 앞서 비교로 단락을 이어쓰는 경우, '이에 비해', '그와 달리', '한편' 등의 연결어가 이어지는 단락의 첫머리에 등장한다고 했지만, 글쓴이가 그러한 연결어들을 쓰지 않는 것이 더 적절하다고 생각하면, 다소 수사적 방식을 취하기도 한다.

(가) 어떤 기준으로 진보와 보수를 구별하느냐는 매우 흥미로운 논쟁거리이다. 그런데 그보다 더 흥미로운 질문은, 왜 어떤 사람은 진보 쪽에 서는데 다른 사람은 보수 편에 서게 되었느냐는 것이다. 이해관계, 학습, 경험, 이런 요인들이 영향을 준다고 한다. 그러나 인간의 선택은 이러한 객관적 요인을 초월하는 경우가 많다. 자본가의 아들이자 그 자신 자본가였던 프리드리히 엥겔스는 탁월한 철학자였던 카를 마르크스와 함께 사유재산제도의 폐지를 핵심 내용으로 하는 '과학적 사회주의'를 창안했다. 그들은 사회적 존재가 사회적 의식을 규정한다(또는 사회적 의식은 사회적 존재를 반영한다)고 주장한 유물론자였지만, 스스로는 자기의 '사회적 의식'을 '사회적 존재'와 반대편에 세우는 관념론적 선택을 했다. 객관적 조건이

큰 영향을 주는 건 맞지만, 개인의 의식을 완전하게 지배하지는 못한다는 것을 증명하는 사례는 두 사람 말고도 수없이 많다.

(나) 사회과학자들이 이 흥미로운 질문에 대해 명료한 답을 찾지 못하는 가운데 현대의 진화생물학자와 뇌 과학자들이 다양한 연구 결과와 가설을 제시했다. 자동차만 하이브리드가 나오는 게 아니라 과학도 그런 모양이다. 탐욕, 공격성, 경쟁심 등을 관장하는 뇌 부위와 배려, 공감, 소통 등을 관장하는 뇌 부위가 서로 다르다는 것이다. 사람마다 뇌의 하드웨어가 다른 만큼, 똑같은 학습과 경험을 하고 이해관계까지 같은 사람이라 할지라도 서로 다른 가치관과 사상적 성향을 가지게 될 수 있다는 이야기다.

이 글은 유시민이 민주공화국이 국민국가 수준의 생존경쟁에서 승리할 확률을 높이는 가장 경쟁력 있는 국가체제라는 믿음을 바탕으로, 건강한 보수와 진보를 기대하는 마음을 담아 쓴 「진보와 보수」의 중간쯤에 나오는 두 단락이다.

(나)는 (가)와 비교하는 이어쓰기 단락이다. 그렇다면 무엇과 무엇을 비교한 것인가? "왜 어떤 사람은 진보 쪽에 서는데 다른 사람은 보수 편에 서게 되었느냐?" 하는 질문에 대한 사회학자들의 견해 (가)와 진화생물학자와 뇌 과학자들의 견해 (나)를 비교한 것이다. 문맥을 세심하게 들여다보아야만 '비교'임을 알아챌 수 있을 정도로 (나)는 비교를 안 한 듯하지만,

비교를 아주 잘한 이어쓰기 단락이다. 비교의 기준과 대상 역시 명확하다.

　언젠가 나는 「사실적인, 더 사실적인」이라는 제목으로 이탈리아 화가인 디본조네 조토와 마사초를 비교하는 글을 쓴 바 있다. 너무 긴 글이니 여기서는 소개하지 않겠다. 다만 이 글을 두 단락 분량으로 요약해보겠다. '비교'로 단락을 이어쓴 좋은 예가 되기 때문이다.

　(가) 르네상스 미술의 창설자 조토는 회화에 공간을 창조했다. 그가 창조한 공간에서는 인물들이 움직이고 감성이 물결치고, 이야기가 피어올랐다. 조토는 미술의 혀를 풀어주었고, 그가 그린 것은 모두 말을 하게 된 것이다. 하지만 조토의 공간은 2차원을 넘어서지 못했고, '원근법'을 통해 3차원의 환상이 회화에 나타나기까지는 마사초를 기다려야만 했다.

　(나) 한편 마사초는 '원근법'을 통해 회화 속에 등장하는 인물들에 제각기 개성을 부여함으로써 르네상스의 '개인 정신'을 구현했다. 서양미술사에서 15세기를 '리얼리즘의 세기'라고 하는데, 이는 마사초의 업적에 기인한 바 크다. 마사초는 회화 속의 개성적 인물들로 하여금 3차원 공간 속에서 두 발로 서 있게 만들었다. 하지만 섣불리 두 화가의 우열을 가리는 일은 무의미하다. 조토가 먼저 말하지 않았다면 마사초도 설 수 없었을 것이기에.

나는 '원근법' 사용이라는 기준으로 두 화가를 비교했다. 마사초가 원근법을 이용해 사실성을 3차원으로 확장했을 뿐 아니라, '개선의 발견'이라는 기준으로 비교해도 조토를 훌쩍 뛰어넘었다는 사실을 설명했다. 마사초가 이렇듯 르네상스 리얼리즘을 구현했다지만, 조토에 의해 르네상스 예술이 창설되었다는 점을 상기해보면, 이 두 화가의 비교가 섣부른 우열 가리기일 수는 없었다. 따라서 두 화가의 차이를 객관적으로 기술할 뿐 섣불리 우열을 가리지는 않았다.

그런 의미에서 (나) 단락 마지막 두 문장, "하지만 섣불리 두 화가의 우열을 가리는 일은 무의미하다. 조토가 먼저 말하지 않았다면 마사초도 설 수 없었을 것이기에"는 단순한 사족이 아니다.

'비교'는 단락 이어쓰기에 자주 쓰인다. 잘 익혀둘 필요가 있다. 어떻게? 첫째 비교할 대상을 잘 설정해야 한다(만만치 않은 일이니 신중하게 해야 한다). 둘째 비교의 기준을 명확히 정해야 한다(기준 없는 비교나 기준 자체가 모호한 비교도 많으니 조심해야 한다). 힘든 일이긴 하지만, '비교'가 전체 글을 좌지우지하는 경우, 이쯤은 노력을 해야 할 것이다. 한 편의 완결된 글 중에는 오직 두 대상을 '비교'하기 위해 쓴 설명문도 많다. 따라서 두 대상을 비교하는 글은 길게 쓸 줄도 알아야 한다.

분류하라

정보를 모아 갈래별로 나누고
나눈 정보는 다시 큰 묶음으로 모아
하나의 질서 속에 편입시킨다.

— 정약용(조선의 실학자)

　분류(광의의 분류)란 어떤 대상들을 일정한 기준에 따라 종류
를 가르는 설명으로 작은 항목에서 큰 항목으로 묶어가는 '분
류'(협의의 분류), 큰 항목에서 작은 항목으로 가르는 구분으로
세분하기도 한다. 간략한 예를 들면 "한국어·만주어·터키
어·몽골어 등은 알타이어족에 속한다"는 분류고, "알타이어는

한국어 · 만주어 · 터키어 · 몽골어 등으로 나뉜다"는 구분이 되는 것이다. 하지만 편의상 분류(협의의 분류)와 구분을 나누지 않고 이들을 다 포함하는 개념으로 분류라는 용어를 사용한다.

어떤 대상들을 분류한다는 것은 그 구성 요소들 사이에 일정한 질서를 부여하거나 숨은 질서를 찾아내는 것이다. 이는 곧 그 대상을 조직화한다는 뜻이 된다. 분류에서는 기준이 명확해야 한다. 그렇지 않으면 그 분류는 의미를 잃게 된다. 예를 들어 사람을 '노인, 회사원, 젊은이, 예술가'로 분류한다고 하면 노인이면서 회사원인 사람도 있고, 반대로 젊은이이면서 예술가인 사람도 있기 때문에 올바른 기준에 의한 분류가 될 수 없다.

분류에 기준이 없을 수도 있다. 물론 표면적으로 말이다. 그렇다면 기준 없는 분류는 어떻게 가능할까? 글쓴이의 오랜 경험의 결과 나눌 수 있는 항목들이 정해지는 것이다. 값진 경험은 객관적 기준 못지않게 분류의 훌륭한 기준이 될 수 있다.

설명에서 분류가 차지하는 비중은 결코 작지 않다. 분류는 주제를 분명히 하며, 구상과 실제 글쓰기 과정에서 중요한 역할을 한다. 하지만 분류는 그 자체가 목적이라기보다는 전체와 부분, 부분과 부분 사이의 관계를 효과적으로 찾고 표현하기 위한 수단이다. 한 단락으로 된 분류의 예를 들어보자.

농악을 연희하는 목적에 따라 나누어보면, '축원농악', '노작농

악', '걸립농악', '연희농악' 등의 네 가지로 분류할 수 있다. 축원농
악은 토착신앙과 결부되어 마을의 안녕과 주민의 평안을 기원하
는 목적으로 행해지는 농악을 말하고, 노작농악은 농민들이 농경
생활을 하면서 노동의 고달픔을 잊고 일의 능률을 도모하기 위하
여 행하는 농악을 뜻한다. 그리고 걸립농악은 전문적, 직업적인
농악단이 절의 중수기금이나 공공기금을 마련하기 위하여 조직하
여 행하는 농악을 말한다. 마지막으로 연희농악은 마을 사람들의
친목과 단합을 위하여 예술적인 연기를 보여주는 농악을 말한다.

이제부터 예시문을 들어가며 분류에 대해 본격적으로 살펴
보자.

(가) 한편 그물맥이라도 잎맥을 펼친 모습에 따라 다시 세 가지
로 나눌 수 있습니다.

(나) 첫 번째, 새의 깃털 모양과 닮은 '깃꼴맥'입니다. 깃꼴맥은
잎몸 가운데에 주맥(잎 한가운데 있는 가장 큰 잎맥)이 있고 이 주맥
에서 좀더 가는 측맥(잎 한가운데 가장 큰 잎맥에서 좌우로 뻗어나간
잎맥)들이 잎의 가장자리를 향해 뻗어갑니다. 이때 주맥은 잎자루
와 자연스럽게 이어지지요. 참나무, 벚나무, 느티나무 잎이 깃꼴
맥입니다.

(다) 두 번째, 손바닥을 펼친 모양으로 퍼져나가는 것은 '손꼴

맥'입니다. 손꼴맥은 눈에 띄는 주맥이 없고 크기가 비슷한 몇 개의 큰 잎맥이 이리저리 여러 곳으로 퍼져 있는 모양입니다. 단풍나무, 마르니에, 팔손이나무가 손꼴맥입니다.

(라) 세 번째, 마치 방패의 가운데에서 잎맥이 퍼져나가는 듯한 '방패꼴맥'이 있습니다. 방패꼴맥은 잎자루가 잎몸의 시작 부분과 만나는 것이 아니라 잎몸의 가운데에서 바로 만납니다. 이곳에서 잎맥이 모든 방향으로 퍼져나가지요. 한련화, 연꽃 따위가 방패꼴맥입니다.

장 앙리 파브르의 「나란히맥과 그물맥」은 잎몸(잎이 넓어진 부분으로, 잎사귀를 이루는 대부분이다. 광합성하기에 쉽게 되어 있다)의 중요한 부분인 잎맥(산맥처럼 돋아난 부분으로 물과 양분이 흘러다닌다)을 나란히맥과 그물맥으로 분류하고, 분류된 각 항목들에 대해 설명하는 친절한 글이다. 이 글은 그물맥을 '잎맥이 펼친 모양'에 따라 다시 분류하고 있는 대목이다. (가)에서 분류가 이루어진 후 이어지는 (나), (다), (라)는 모두 '분류에 의한 항목 나열'에 해당하는 이어쓰기 단락이라 할 수 있다.

사실 생물학에서는 분류가 '학문' 그 자체의 역사라 할 수 있다. 그만큼 기준도 분명하고 예외도 드물다. 생물학적 분류는 분류의 전형적 경우라 할 수 있는 것이다. 따라서 독자들은 최상급 생물학자 수준이 아니라면, 그 분류에 이의를 달기 힘들다.

모든 분류가 기준이 명확하게 제시되지는 않는다. 그럴 경우 글쓴이는 자신의 분류를 진리로 받아들여 주기를 바라지도 않는다. 자신의 분류에 대한 독자의 비판적 수용을 인정하는 것이다. 글쓴이의 오랜 경험에 바탕을 둔 분류라면 기준이 명확하지 않다고 해서 함부로 폄훼할 수는 없다.

(가) 시가 고백적 양식이라고 믿는 사람들이 범하기 쉬운 게 세 가지가 있다. 당신은 시를 쓰기에 앞서 우선적으로 이것들을 과감하게 배척해야 한다.

(나) 첫 번째는 과장이다. 제발 시를 쓸 때만 그리운 척하지 마라. 혼자서 외로운 척하지 마라. 당신만 아름다운 것을 다 본 척하지 마라. 모든 것을 낭만으로 색칠하지 마라. 그런 것들은 우습다.

(다) 두 번째는 감상感傷이다. 이 세상의 모든 슬픔을 혼자 짊어진 척하지 마라. 아프지도 않은데 아픈 척하지 마라. 눈물 흘릴 일 하나 없는데 질질 짜지 마라. 그런 것들은 역겹다.

(라) 세 번째는 현학이다. 무엇이든 다 아는 척, 유식한 척하지 마라. 철학과 종교와 사상을 들먹이지 마라. 기이한 시어를 주워와 자랑하지 마라. 시에다 제발 각주 좀 달지 마라. 그런 것들은 느끼하다.

안도현 시인이 쓴 「고백 · 감상 · 현학」은 "감정을 드러내고 쏟아붓는 일은 시작법에서 가장 경계해야 할 일이다"라는 문장으로 시작한다. 이 문장은 바로 이 글의 주제이기도 하다. 결국 「고백 · 감상 · 현학」은 일종의 경계의 글이다. 안도현 시인은 왜 이런 글을 썼을까? 한마디로 시가 고백적 양식이라고 믿는 사람들이 감상과 현학에 빠져 시를 망치는 일이 많기 때문이다.

「고백 · 감상 · 현학」의 한 대목인 이 글을 보면, 우선 그렇게 시를 망치는 유형을 (가)에서 셋으로 분류하고, 분류된 각 항목들의 내용을 각각 한 단락으로 정리해 (나), (다), (라)에서 나열하고 있다. 이 세 단락은 차례로 '첫 번째는', '두 번째는', '세 번째는'으로 시작하고 있어 다소 도식적인 느낌이 들기도 하지만, 독자들이 수를 세듯 하나씩 짚어가며 읽는 데 도움을 준다.

분류된 각 항목을 '나열'하는 것으로 단락 이어쓰기를 하려면? 당연히, 나열할 각 항목에 대해 잘 알고 있어야 한다. 「고백 · 감상 · 현학」이 실린 『가슴으로도 쓰고 손끝으로도 써라』는 안도현 시인이 갖고 있던 누추한 시 창작 강의 노트를 바탕으로 쓴 책이다. 이 책은 안도현 시인이 시에 미혹迷惑되어 살아온 지 30년이 되는 2009년에 쓰였다. 조선 후기 문인들 가운데 정약용, 박지원, 이덕무 등의 촘촘하고 감동적인 산문을 읽고 배운 바가 많았다고 하니 내공이 만만치 않을 것이다.

나는 10여 년 전, 설화를 분류하는 글을 쓴 적이 있다. 안도현 시인이 경험에 바탕해 세 가지 병폐를 분류해 나열했다면, 나의 글은 '기준'을 정해두고 분류한 후 분류한 각 항에 대한 단락들을 나열했다는 데 차이가 있다. 단락들을 '첫 번째는, 두 번째는, 세 번째는'과 같이 시작하지 않고, '우선, 다음, 마지막으로'로 시작한 점을 제외하면 앞에 예시한 「고백·감상·현학」의 한 대목과 거의 같은 구조의 글이다.

설화를 신화, 전설, 민담으로 3분하는 것은 세계적인 통례로 되어 있다. 이 셋 사이에 확연한 선을 긋는 것은 곤란하며, 서로 넘나드는 경우도 있고, 하나가 다른 것으로 전환되기도 하나, 대체적인 차이를 다음과 같이 정리할 수는 있다.

우선 신화의 경우 전승자가 그것을 진실된 것은 물론이고 신성하다고까지 생각하고, 아득한 옛날 일상적인 경험으로 측정할 수 있는 범위를 넘어서 태초에 어떤 특별한 신성 장소를 무대로 삼아 일어난 것이며, 천지창조 신화나 국가 창건 신화처럼 그 증거물이 매우 포괄적인 것이 특징이다.

다음 전설의 경우 전승자가 그것을 신성하다고까지 생각하지는 않지만 진실되다고 믿고, 구체적으로 제한된 시간과 장소를 가지며, 인물 혹은 지형 등 특정의 개별적 증거물을 가진다.

마지막으로 민담의 경우 전승자는 그것을 신성하지도 진실되지도 않다고 생각하고, 특별한 시간이나 장소가 구체적으로 제시되지 않으며, 이야기가 그 자체로 완결되므로 특별히 증거물을 제시하지 않아도 된다.

결국 일정한 구조를 가진 꾸며낸 이야기로서 입에서 입으로 전해지는 시사 구비 문학이라 할 수 있는 설화는 전승자의 태도, 시간과 장소, 증거물, 이 세 가지 기준으로 분석해볼 때 크게 신화, 전설, 민담으로 3분될 수 있는 것이다.

이 글은 『구비문학개설』이라는 책의 한 대목을 요약·정리했을 뿐, 내 오랜 경험에 바탕을 둔 분류가 아니다. 한마디로 글을 아주 쉽게 쓴 것이다. '나열'로 단락 이어쓰기를 한 예를 보여주는 조금 더 '내 것인 글'에 다시 한 번 도전해보았다.

명사는 자립성 유무에 따라 자립명사와 의존명사로 나누어진다. 의존명사는 자립성이 결여돼 있다는 말인데, 그 말의 의미는 세 가지로 나누어 생각할 수 있다.

첫째, 자립명사와 달리 의존명사는 우선 문장 내에서 특별한 조건이 주어져야만 나타날 수 있다. 예를 들어 '것'의 경우, '어떠어떠한'과 같은 형식으로 자신을 수식해주는 말이 앞에 반드시 나와야 하므로 그 쓰임이 매우 제한적이다. 즉 "돈이 부족해서, 살 수 있는 '것'이 별로 없었다"에서처럼 '살 수 있는'이라는 말의 수식이 있어야만 '것'은 문장 속에서 제 구실을 하는 것이다.

둘째, 의존명사는 단독으로 주어가 되거나 목적어가 되는 일이 불가능하다. 자립명사인 '사람'의 경우 "'사람'은 이성적 동물이다"와 같이 주어로 쓰일 수도 있고, "식인종은 '사람'을 먹는다"와 같이 목적어로도 쓰일 수 있다. 하지만 의존명사 '것'은 이런 일이 불가능하다.

셋째, 의존명사는 특별한 조사와만 결합하여 문장 내에서 특별한 역할만 할 수 있다. 두 가지만 예를 들어보자. 의존명사 '수'의 경우, "의약 분업 이후 병원에서 약을 지을 '수'가 없다"와 같이 조사 '가'(혹은 '는')와만 결합할 수 있다. 한편 의존명사 '따름'의 경우, "우리는 상부의 명령에 복종할 '따름'이다"와 같이 서술격조사 '이다'와만 결합할 수 있다.

이상 크게 세 가지의 의존성을 가진 명사라는 점에서 의존명사는 자립명사와 다르다. 하지만 의존명사도 어엿한 명사이니, 당당한 명사로서 하나의 단어 대접을 받는다. 즉 조사를 취할 수 있고, 다른 단어와 떼어 쓰며, 부족하나마 문장 내에서 자립명사처럼 격을 가질 수 있다.

이 글도 곰곰이 따져보면 여전히 문제는 있다. 국어 문법에 대한 지식이 조금만 있는 사람이라면, 이 정도의 글은 누구나 비슷하게 쓸 수 있기 때문이다. 한마디로 창의성이 떨어지는 것이다. 왜 그럴까? 나에겐 아직 충분히 '누추한' 나만의 노트가 없기 때문이다. 그래서 나는 안도현 시인과는 조금 다른 경계의 말을 글쓰기 초심자들에게 해주고 싶다.

아무것도 안 그리워도 그리운 척 좀 해도 되고, 주변에 지인이 많아도 외로운 척 좀 해도 된다. 당신만 아름다운 것을 몰래 혼자 본 척 좀 해도 되고, 이 세상의 모든 슬픔을 혼자 짊어진 척 좀 해도 된다. 안 아파도 아픈 척 좀 해도 되고, 눈물 흘릴 일이 없어도 질질 좀 짜도 된다. 이런 짓들은 매너리즘에 빠진 나를 더 창의적인 나로 바꿀 수 있는 계기가 되어줄 수 있기 때문이다.

하지만 제발 유식한 척하지는 마라. 책 많이 읽은 것처럼 자랑하지는 마라. 유치하고 상투적인 어투가 창피하더라도 당신의 글을 써라. 당신만의 노트를 만들고, 그 노트를 바탕으로 당신만의 글을 써라.

예를 들어라

눈에 보이는 듯한 언어로 적절한 예를 들 때,
사건은 그 자리에서 일어난 일처럼 재창조된다.

— 데일 카네기(미국의 작가)

　　특수한 사례를 들어 일반적인 것을 설명할 때 이 방식을 흔히 쓴다. 설명의 방법 중 어떤 의미에서는 가장 간단한 것이 예시법이다. 이때 예라고 하는 것은 어떤 큰 무리나 개념에 포함되는 하나의 개별적인 요소를 뜻한다. 예시는 글쓴이의 추상적이고 모호한 생각을 더 명료하고 구체적으로 이해시키는 데 효과적인 방법이다.

효과적인 예시를 위해서는 두 가지 유의할 점이 있다. 첫째, 설명하고자 하는 내용에 부합하는 적절한 예를 들어야 한다. 부적절한 예는 오히려 역효과를 낳는다. 둘째, 설명하고자 하는 내용을 충분히 뒷받침할 수 있는 예라야 한다. 이를 위해 필요하다면 여러 개의 예를 나열할 수도 있다. 한 단락으로 된 예시의 예를 들어보자.

라마르크는 그의 유명한 저서 『동물 철학』에서 동물의 신체 기관은 빈번히 사용할수록 점점 커지고 강력해지며, 반대로 쓰지 않으면 그 기능이 점점 쇠퇴한다고 했다. 그리고 이와 같이 하여 얻은 소위 '획득형질獲得形質'은 축적되어 다음 대代에 유전되어 가며, 그 결과 장구한 세월에 걸쳐 대代를 거듭함에 따라 동물의 형태와 기능이 선조와는 다르게 변해간다고 주장했던 것이다. 예를 들어 기린은 키가 작은 나무의 잎을 다 먹고 난 뒤 서로 다투어 키 큰 나무의 잎을 먹기 위하여 목을 늘이고 다리를 뻗어 결국 오늘날과 같은 목과 다리가 긴 동물로 변천되어 왔고, 또 땅 속이나 깊은 바다에 살게 된 동물은 눈이 필요 없게 되어 오늘날에 와서는 눈이 퇴화된 동물로 변해왔다고 라마르크는 설명했다.

이번에는 여러 개의 예를 나열한 경우를 보자.

(가) 대중문화의 상업적 동질화는 미디어 학자 벤 배지키언의 '동질화 가설'에서 잘 드러난다. 이 가설에 따르면 소유권이 집중될수록 동질적인 미디어 상품을 생산하고, 소수의 손에 집중된 미디어는 한결같이 미디어 상품이 다양하지 못하다. 소유권 집중과 수평적 통합의 결과 미디어 기업 간의 경쟁이 없으면 불가피하게 동질적인 미디어 상품을 만들어낸다는 것이다. 생산자는 모험을 피하고 시장에서 검증된 것만을 재생산하려고 할 것이므로 이렇게 생산된 대중문화는 대중이 선택한 문화가 아니라 시장의 기획에 의해 강요된 문화라는 것이다.

(나) 일례로 국내 음반 시장의 주류를 차지하는 몇몇 음반 회사들은 전체 매출액의 대부분을 차지한다. 거대 제작사와는 다른 제작 방식을 가진 독립 제작사인 인디레이블이 존재하지만 그들의 음악은 대중에게 전달되는 통로가 협소하다. 그 결과 몇몇 특정한 음반사만이 시장을 독점하고 중소형 음반사들은 사라지는 것을 볼 수 있다. 또한 국내 멀티플렉스는 많지만 그곳에서 평균 상영되는 영화 수는 한 주기당 10편 내외이다. 멀티플렉스의 등장으로 양적 빈곤에서는 벗어났지만 질적 빈곤은 계속되는 실정이다. 대중문화의 배급과 유통의 획일화와 독점화가 문화적 환경을 동질적으로 만드는 것이다.

한국철학사상연구회가 엮은 『철학, 삶을 묻다』에 수록된 「대중문화의 기만적 국면들」은 대중문화의 진정성 실현을 방해하는 요소 세 가지를 들고 있다. 첫째 대중문화의 미학적 단순성(이는 대중의 문화적 감식력을 낮추는 결과를 초래함), 둘째 대중문화의 상업적 동질화(이는 대중의 문화적 놀개성화를 초래함), 셋째 대중문화의 정치적 이데올로기화(허위이면서 '진리'의 행세를 하는 이데올로기에 대중이 종속되는 결과를 초래함)다. 이 글은 둘째, 즉 대중문화의 상업적 동질화를 경계하는 대목이다.

(가)에서는 상업적으로 동질화된 대중문화가 시장의 기획에 의해 강요된 문화라고 주장하고, (나)에서는 그 예를 들고 있다. (나)는 '예시'에 해당하는 전형적인 이어쓰기 단락이다. 예시는 아마도 단락 이어쓰기 중 친절한 방법 중 하나일 것이다. 앞 단락의 추상을 구상으로 전환해주는 동시에, 그렇게 전환된 구상에서 앞 단락의 추상의 의미를 더욱 잘 이해할 수 있게 해주는 것이 바로 예시이기 때문이다. (가)를 읽어보라. 얼마나 모호하고 난해한가! (나)를 읽어보라. (가)가 얼마나 구체적으로 이해되는가!

예시 단락은 일반적으로 '예를 들면', '일례로' 따위의 연결어로 시작하는 것이 보통이다. 상투적 느낌을 주지만 편히 읽히는 효과를 거둘 수는 있다. 이 글의 (나) 역시 연결어인 '일례로'로 시작해서 (가)에 이어진 예시 단락임을 알 수 있다.

통계자료가 예시 단락의 역할을 하는 경우도 있다. 수치화된 통계자료는 명시적이고 자극적이어서 독자들의 이해를 돕기 때문이다. "영양 결핍과 기아로 목숨을 잃는 10세 미만의 어린이가 많다"보다는 "현재 지구상에서는 5초마다 10세 미만의 어린이 1명이 기아 또는 영양 결핍으로 인한 질병으로 죽어가고 있다"라고 하면, 이 문제가 얼마나 심각한지 독자들이 절감할 수 있지 않은가?

(가) 기독교 근본주의는 1980년대부터 네오콘(미국 공화당을 중심으로 한 신보수주의자)과 동맹 관계를 맺고 이스라엘을 무조건 지지하는 반면, 팔레스타인과는 대화조차 거부하는 노선을 취해왔다. 이들은 대통령 선거에 막강한 영향력을 행사하는 정치 세력으로 군림하면서 공화당의 든든한 버팀목으로 기능해왔다.

(나) 미국인 가운데 86퍼센트가 종교를 갖고 있으며 전 국민의 77퍼센트가 기독교 신자다. 기독교 신자의 40퍼센트가 개신교 신자, 25퍼센트가 가톨릭 신자인데, 개신교 신자 중 25퍼센트가 근본주의, 25퍼센트가 자유주의, 20퍼센트가 복음주의다. 근본주의와 복음주의의 경계가 희미해져감에 따라 둘 다 범근본주의 세력이라고 볼 수 있다. 미국인들의 매주 교회 참석률은 40퍼센트로 매우 높다(영국의 경우 2퍼센트). 2000년 대선에서 매주 두 번 이상 교회에 가는 사람 가운데 63퍼센트가 부시에게, 37퍼센트가 고어에게 투표했으며 교회에 전혀 가지 않는 사람은 61퍼센트가 고어

상준만은 「왜 근본주의가 세계적으로 유행하는가」에서 '근본주의 원조'인 미국의 기독교 근본주의의 호전적인 성격에 대해 살펴보고, 세계화로 복잡해진 세상과 첨단 기술에 맞서 정서적 균형을 맞추려는 감정적 대응이 근본주의의 세계적 유행의 원인이 아닐까 하는 문제를 제기하고 있는데, 이 글은 그중 한 대목이다.

(나)는 통계자료를 제시해서 (가)에 대한 예시 단락 기능을 담당하고 있다. 수치가 그대로 드러나는 통계자료의 자극적인 성격은 앞 단락의 주제를 선명하게 부각하는 데 유용하다. (가)에서는 근본주의자들이 공화당의 든든한 버팀목으로 기능해왔다고 언급되어 있지만, (나)의 통계자료를 보면 도대체 얼마나 든든한 버팀목인지 확실하게 알 수 있다.

'예시'로 단락 이어쓰기를 잘하려면? 우선 "A하다(혹은 A이다). B가 그 좋은 예다" 식의 표현으로 짧은 글을 쓰는 연습을 해보는 것이 좋다(물론 그런 식의 표현으로 말하는 연습 또한 좋다). 얼핏 보기에는 간단하나 구사하기는 어려운 표현법이다.

무작정 이런 단락을 쓸 수는 없다. 아무 책이나 보면서 B를 예로 들어 A를 보완해주는, 그런 구성의 글을 찾아야 한다. 아무래도 경험 혹은 실험을 바탕으로 하나의 법칙을 도출해내는 심리학책이 가장 추천할 만하다. 이해하기 어렵지 않은 심리학책을 한 권 선택해서 "A하다. B가 그 좋은 예다" 식의 표현으로 짧은 글을 써보는 것부터 시작하자. 나는 이소라의 『그림으로 읽는 생생 심리학』을 택해 연습해 보았는데, 그중 두 가지를 소개하면 다음과 같다.

육지의 포유류 중 가장 거대한 동물, 코끼리. 사나운 맹수들조차도 그 거대한 몸집 앞에서는 슬슬 뒷걸음질 치며 몸을 피하는데요. 맹수들도 꺼려하는 이 거대한 동물을 사람들은 과연 어떻게 길들인 걸까요? 먼저 사람들은 코끼리를 어렸을 때부터 튼튼한 말뚝에 묶어놓습니다. 아직 힘이 약한 아기 코끼리는 몇 주 동안 말뚝에서 벗어나기 위해 안간힘을 쓰지만 번번이 실패하게 되죠. 이렇게 3~4주 동안 몇 번이고 시도한 탈출이 물거품이 되자, 자신이 어떻게 해도 상황은 바뀌지 않는다고 생각하게 됩니다. 몇 년이 지나, 코끼리는 이제 충분히 말뚝을 뽑을 수 있는 힘을 가졌음에도 불구하고 여전히 탈출은 불가능하다고 생각하며 시도조차 하지 않고 온순한 코끼리로 머물기만 하죠. 이와 같이 계속된 실패로 인해 나중엔 충분히 그것을 이룰 수 있음에도 불구하고 시도 자체를 포기하는 것을 '학습된 무기력'이라고 합니다.

◐ 계속된 실패로 인해 시도 자체를 포기하는 것을 '학습된 무기

력'이라고 합니다. 어렸을 때부터 튼튼한 말뚝에 묶어 놓고 기른 아기 코끼리가 아무리 애를 써 봐도 그 말뚝에서 벗어나지 못한 오랜 경험 때문에, 거대하고 힘센 어른으로 성장해도 말뚝에서 탈출할 시도조차 하지 않는 무기력한 코끼리가 되고 마는 것이 그 좋은 예입니다.

미국의 심리학자 젠킨슨은 흥미로운 실험을 진행했는데요, 비슷한 성적의 학생들을 A, B 집단으로 나눠 똑같은 강의를 한 후 다음 날 두 그룹 모두를 대상으로 전 시간에 배웠던 내용을 테스트했습니다. 다만 A그룹은 강의 후 바로 잠을 자도록 했고, B그룹은 마음대로 공부할 수 있는 자유 시간을 주었죠. 실험 결과, 수면을 취했던 A그룹 학생들의 평균 기억률은 56%인 것에 비해, 자유 시간을 가졌던 B그룹 학생들의 평균 기억률은 9%에 불과했습니다. 그 이유는 바로 '역행억제'라는 기억의 성질 때문인데요, '역행억제'란 먼저 학습된 기억이 시간이 지남에 따라 다른 활동이나 자극들로 인하여 점차 기억력이 약해지는 현상을 말합니다.

◉ 먼저 학습된 기억이 시간이 지남에 따라 다른 활동이나 자극들로 인해 점차 기억력이 약해지는 현상을 '역행억제'라 합니다. 전날 수업한 내용을 다음 날 테스트하는 경우, 수업 후 바로 수면을 취한 학생들의 평균 기억률이 56퍼센트로, 수업 후 이런저런 공부

를 자유롭게 한 학생들의 평균 기억률 9퍼센트보다 월등히 높다는 실험 결과가 그 좋은 예입니다.

예시는 독자들의 이해를 돕는 친절하고 적절한 방법이다. '친절'도 중요하지만 '적절'은 더 중요하다. 글쓴이는 길을 안내하는 길라잡이 같은 사람이다. 길라잡이는 길을 몰라 헤매는 사람에게 군이 친절할 필요는 없다. 길을 제대로 가르쳐주는 것이 중요할 뿐이다. 길을 헤매는 이의 땀을 닦아주고 따뜻한 미소를 지으며 엉뚱한 길로 그를 인도하는 길라잡이는 얼마나 끔찍한가!

'예시'로 된 이어쓰기 단락을 잘 쓰려면, 이런저런 예를 많이 생각해보고, 그중 가장 적절한 예를 찾는 노력이 중요하다. 겨우 1~2개 예밖에 떠오르지 않을 때는, 펜을 놓고 대신 책을 들어야 한다. 글쓰기는 펜이 하지만, 펜을 움직이는 것은 책이다.

정의하라

나와 이야기하고 싶다면
먼저 당신의 용어를 정의하라.

— 볼테르(프랑스의 철학자)

　　사용하는 개념이 모호하거나 불분명할 경우 글쓴이의 의도
가 잘 전달되지 않는다. 글쓴이는 자신이 사용하는 개념을 분
명히 정의할 필요가 있고, 실제로 한 단락이 정의에 바쳐지는
일은 매우 흔하다. 한 단락으로 된 정의의 예를 들어보자.

문화는 사회의 구성원에 의해 습득 · 공유 · 전달되는 행동양식 또는 생활양식의 총체로서, 자연 상태와 대립하는 것이며 또 그것을 극복한 것이다. 일반적으로 언어 · 풍습 · 도덕 · 종교 · 학문 · 예술과 각종 제도 따위를 가리킨다. 하지만 정치 · 경제 · 군사 면에서 서양이 월등한 근대 이후에는, 첫째 유럽풍의 요소나, 둘째 높은 교양과 깊은 지식, 그리고 세련된 생활, 셋째 인류의 가치적 소산인 철학 · 종교 · 예술 · 과학 등을 가리키기도 한다.

글을 읽다 보면, 앞 단락에서 사용하고 있는 주요 개념을 이어지는 단락에서 분명하게 정의해주는 경우가 제법 있다. '정의'는 글의 도입 단락에서 더 자주 쓰이기 때문에 우선 도입 단락에서 쓰이는 경우부터 보도록 하자. 아래 글은 "세상이 힘들수록 새로운 미래를 꿈꾸고, 그 꿈을 현실로 만들고자 하는 실천 의지를 갖자"는 취지로 쓰인 서양사학자 주경철의 「유토피아, 비참한 현실을 되비추는 이상 사회」의 도입 단락이다.

유토피아는 16세기 영국의 지식인이자 정치가였던 토머스 모어Thomas More, 1477~1535의 공상 소설 제목으로서 '어디에도 없는 곳u+topia'이자 동시에 '세상에서 가장 좋은 곳eu+topia'을 뜻한다. 그 이상 사회는 고단하고 비참한 현실 사회의 거울 이미지이기도 하다.

글에서 키워드에 해당하는 개념의 정의가 최우선적으로 필요하다고 판단될 때 글쓴이는 '정의'로 도입 단락을 삼는 경우가 많다. 주경철의 「유토피아, 비참한 현실을 되비추는 이상 사회」는 '세상에서 가장 좋은 곳'이지만 안타깝게도 '어디에도 없는 곳'을 뜻하는 '유토피아'가 키워드일 가능성이 높다. 실제로도 그렇다. 「유토피아, 비참한 현실을 되비추는 이상 사회」. 이 제목을 유심히 보고 있자면, 이 글 전체의 내용을 추리할 수 있다. 주경철은 글의 내용과 메시지를 제목으로 직설한 것이다.

이 글에서 주경철은 유토피아가 어원상 중의성을 가진 단어임을 분명히 설명했다. '유토피아'의 뜻이 "유토피아는 없다"이니 역설적이기까지 하다. 하지만 유토피아의 이러한 역설적 성격은 「유토피아, 비참한 현실을 되비추는 이상 사회」 전체를 관통하는 핵심이다. 그런 의미에서 이 글을 유토피아의 어원적 정의로 시작한 것은 매우 적절해 보인다.

특정 단어나 용어를 '정의'해주는 일은 설명 중 하나다. 설명은 글쓴이가 자신의 견해를 주장하기보다는 독자들의 의문을 풀어주는 글쓰기 양식이다. 주경철의 「유토피아, 비참한 현실을 되비추는 이상 사회」의 도입 단락은 "유토피아가 뭐예요?"라는 질문에 대한 대답에 해당하는 것이다. 그런데 '정의'를 포함한 모든 설명의 가장 중요한 덕목은 바로 '친절'이다. 주경철 역시 독자들이 알고 있을 수도 있지만, 혹시 모르거나 정확하게 알지 못하고 있을지도 모른다는 전제하에 유토피아를 어원과 함께 친절하게 정의해준 것이다.

'정의'로 도입 단락을 쓰는 일은 정의하는 단어나 개념이 쓰고자 하는 글의 키워드일 때가 많다. 그런데 문제는 '정의'가 매우 까다로운, 아니면 '정의'가 여러 가지가 될 수 있는 단어나 용어가 있다는 점이다. 어떤 면에서는 그렇듯 '정의'하기 힘든 단어나 용어쯤은 되어야 글의 키워드로서 자격이 있을 것이다. 따라서 '정의'를 도입 단락으로 쓰기 위해서는 그러한 단어나 용어에 대해 많이 알고 있는 것이 중요하다.

앞 단락에서 사용되고 있는 주요 개념을 이어지는 단락에서 분명하게 정의해주는 글을 살펴보자.

(가) 물론 저 자신에 대한 교육도 중단할 수 없었습니다. 저는 철학을 열심히 공부했지만, 철학 교수가 되기 위해 공부하지는 않았습니다. 구체적 인간이 처한 구체적 상황과 현실을 고민하고 개선하려는 철학이 아니면 저에게는 무의미했습니다. 저는 그런 철학의 실마리를 인간의 행복과 자연의 신비가 깊이 결속되어 있다는 점에서 찾았습니다. 이 결속의 비밀은 무엇일까요? 그 결속은 어떻게 이루어져 있을까요? 아직 이런 질문에 대해 자신 있게 답할 단계는 아니었습니다. 제 생각은 이제 막 니힐리즘에서 아나키즘으로 발전해나가고 있었습니다.

(나) 아나키즘anarchism이라는 말을 살펴볼까요? 그리스어에서 아르케arche란 어떤 근원적인 것, 현상의 배후에 있는 보다 본질적인 것, 현상을 규정하는 배후의 근본 질서 같은 것을 뜻합니다. 이 말에 부정否定을 뜻하는 접두어 'an'을 붙인 말이 아나키즘으로 근본적인 질서와 체제를 부정한다는 뜻이 되지요. 그러나 니힐리즘과 마찬가지로 아나키즘도 자주 오해되었습니다. 모든 걸 무너뜨린다는 파괴적인 사상으로 오해되기도 하고, 무질서하고 방임적인 반反사회적 사상으로 오인되기도 했습니다. 그러나 제가 이해하는 아나키즘이란 모든 인간이 본래부터 선하다는 전제에서 출발합니다. 다만 정부의 간섭이나 사회 조직들이 인간을 규제하고 억압함으로써 인간을 악하게 만들었다고 보는 겁니다.

표정훈은 「러시아 공작의 고백: 크로폿킨」에서 황제가 다스리던 러시아의 무정부주의자 크로폿킨이 자신의 삶과 철학에 대해 고백하는 형식으로 쓰고 있다. 이 글은 크로폿킨이 잡지나 신문 같은 매체를 통해 황제와 귀족의 횡포 아래 신음하는 러시아 민중들을 일깨우는 일에 몰두하는 동안에도, 자신에 대한 교육을 중단할 수 없었음을 고백하는 대목이다.

(가)에서 크로폿킨은 자신의 생각이 니힐리즘(허무주의)에서 아나키즘(무정부주의)으로 발전해나가고 있음을 고백한다. (나)는 크로폿킨이 새로 무장한 사상인 아나키즘에 대해 정의하는

이어쓰기 단락이다. (가)에서 크로폿킨의 생각이 이제 막 아나키즘으로 발전해나가고 있다고 했으니, 당연히 이어지는 단락 (나)에서는 아나키즘에 대한 정의를 소개해주는 것이 친절한 글쓰기일 것이다.

책세상에서 출간하고 있는 '개념사' 시리즈는 인권·아나키즘·시민·계급·공화주의·자유·생태주의·평등·지식인 등 학문적으로 매우 중요한 개념들의 역사를 다루고 있다. 중요한 개념의 정의는 그 개념과 관련한 학문의 역사 전체의 무게를 지니고 있기 때문이다. 푸른역사에서도 '한 단어 사전' 시리즈를 내고 있고, 그 취지는 '개념사' 시리즈와 크게 다르지 않다. 이렇듯 정의 자체를 책 한 권으로 만들고 있는 두 출판사의 기획이 반갑다.

방금 소개한 '개념사' 시리즈나 '한 단어 사전' 시리즈 등은 그야말로 학문적으로 매우 중요한 개념들만을 다루고 있다. 하지만 우리가 구사해야 하는 다방면의 주요 용어(개념어)들을 모아 놓은 사전도 많이 있다.

나는 『교양인의 행복한 책읽기』에 포함된 「용어(개념어) 사전 혹은 지식 사전을 읽는다」라는 글에서 그러한 용어를 익히는 일이 필요함을 강조하고, 그러한 필요를 충족하기 위해 우리가 어렵지 않게 손에 넣을 수 있는 용어 사전 혹은 지식 사전을 소개한 바 있다.

철학사전편찬위원회의『철학사전』, 장 라플랑슈의『정신분석
사전』, 최현석의『인간의 모든 감각(인간 개념어 사전)』, 김웅종 교수
의『서양사 개념어 사전』, 미셸 푀이예의『그리스도교 상징 사전』,
에른스트 페터 피셔의『청소년을 위한 과학인물사전』, 김소연의
『마음사전』, 이인식의『미래교양사전』, 조항범 교수의『우리말 활
용 사전』, 김왕직 교수의『알기 쉬운 한국건축 용어사전』, 나카야
마 겐의『사고의 용어사전』, 페이스 팝콘 · 애덤 한프트의『미래생
활사전』, 김기란 · 최기호의『대중문화 사전』, 강판권 교수의『나
무사전』, 어니스트 칼렌바크의『생태학 개념어 사전』, 이재호 · 김
원중 교수의『서양문화지식사전』, 진 쿠퍼의『그림으로 보는 세계
문화 상징 사전』, 미조구치 유조 외의『중국 사상 문화 사전』.

아무리 뛰어난 사전일지라도, 우리가 '정의'로 한 단락을 쓰
는 데 전혀 부족함이 없기를 바라는 것은 무리다. 정의란 어쩔
수 없이 불완전한 것이다. 따라서 우리가 글 어디에선가 특정
한 용어나 개념을 정의했다면, 어디까지나 그 정의의 한계 내
에서만 그 용어나 개념에 대한 논의를 전개해야만 한다. 즉, 다
른 사람에 의해 다른 정의가 이루어질 경우, 다른 글이 쓰일 수
있음을 인정해야 한다.

마지막으로, 중요한 용어의 정의를 익히는 일은 글쓰기뿐
아니라 책읽기에서도 매우 유용하다. 친절한 입문서의 저자는

굳이 용어를 구사하지 않으면서 쉽게 글을 쓰고, 반드시 용어를 써야 할 경우는 상세한 주석을 달아 그 용어의 뜻을 정의해 주며 독자를 배려한다. 하지만 제법 수준이 되는 책에서는 그런 배려를 하지 않는다.

왜 그럴까? 글의 수준이 높아질수록 저자는 용어 구사를 통해 문체를 세련화하고 전문화하여 짧은 글 속에 많은 의미를 함유하는, 밀도 있는 글을 써야 자신의 뜻을 제대로 독자에게 전달할 수 있기 때문이다. 당연히 그런 글은 수준 높은 독자를 겨냥해 쓰인다. 우리가 그런 수준의 독자라면 문제없지만, 그런 수준으로 도약하고자 하는 독자라면, 그래서 입문서를 넘어 제법 수준이 높은 책들을 읽기 위해서는 당연히 다방면의 용어들을 익혀야 하지 않겠는가?

원인과 결과를 써라

구체적 결과라는 것은 눈에 보이지 않는 어떤 행위가
이미 그것 이전에 존재했으므로 생기는 것이다.

— 앙리 프레데리크 아미엘(스위스의 철학자)

비교, 분류, 예시, 정의 외에도 설명 중에는 '분석'이라는 것
이 있다. 분석이란 글자 그대로 어떤 대상을 그 구성 성분이나
요소로 분해하는 설명 방식을 말한다. 구성 성분이나 요소는
유기적으로 조직되었을 때만 분석이 가능하다. 분석에 의한 글
쓰기는 대상을 구체화해주며, 전체를 세밀화하는 역할을 한다.

그 분석 방법에는 물리적 분석, 기능적 분석, 인과적 분석 등이
있다.

물리적 분석

구체적인 물리적 대상을 공간적으로 분해해내는 방식을 말
한다. 이를테면 오징어의 몸체를 머리, 몸통, 다리로 분석한다
든지, 염화나트륨의 성분을 나트륨과 염소로 분해해내는 것이
이에 해당한다. 어떤 기계의 각 부품을 분해해서 설명하는 경
우도 물리적 분석의 좋은 예가 될 수 있다. 한 단락으로 된 물
리적 분석의 예를 들어보자.

> 곤충의 몸체는 환절로 구성되지만 마디마디 사이의 피부는 연
> 하고 안쪽으로 접히는 경우가 많다. 몸마디는 원칙적으로 등판,
> 배판, 및 양쪽 옆판의 4구역으로 나누어지고 마디 사이에도 경화
> 된 골편이 생기는 경우가 있으나 크게 보아 머리 · 가슴 · 배의 세
> 부분을 이루고 있다.

기능적 분석

대상이 "어떻게 작용하는가?"라는 물음에 대한 해명을 할
때 사용하는 방식이다. 가령 라디오의 각 부품들이 어떤 원리
에 의해 전파를 잡아서 음성 매체로 전환하는지를 기능적으로

분석해 설명한다면 이는 곧 기능적 분석이 될 것이다. 한 단락으로 된 기능적 분석의 예를 들어보자.

자동차는 크게 기관, 현가장치, 조향장치, 차체로 이루어져 있다. 기관은 동력을 생산하는 부분이고, 현가장치는 차체와 차축 사이를 연결하고 노면으로부터의 충격이나 진동을 흡수하여 승차감을 좋게 하며, 또 차체와 기관 등을 보호하는 장치이다. 한편 조향장치는 자동차의 주행 방향을 바꾸는 장치로서, 조향핸들의 회전을 기어장치로써 직선운동으로 바꾸어 조향바퀴의 방향을 바꾸어 행하게 되어 있다. 마지막으로 차체는 그 속에 사람이나 화물을 수용하는 중요한 부분이며, 승용차의 경우 우수한 거주성과 안전성, 편리성 등이 요구된다. 구조적으로는 독립된 프레임에 기관·현가장치 등을 설치하여 새시를 조립한 다음, 그 위에 완성된 차체를 장착하는 방식이 오랫동안 사용되어 왔다.

인과적 분석

어떤 대상의 원인과 결과를 밝히는 것을 중심으로 하는 분석이다. 이러한 분석에는 사회적·역사적·심리적·과학적·문화적 발전 단계가 모두 포함될 수 있다. "6·25전쟁은 왜 발발했는가?", "그는 왜 그녀와 결혼했는가?", "대중문화가 확산된 이유는 무엇인가?", "엘니뇨 현상이 일어나는 이유는 무엇인가?", "한국은 어떻게 경제 발전을 이룩했는가?" 등의 문제들은 모두 인과적 분석의 대상이 된다. 이러한 인과적 분석에서는 무엇보다 원인이나 결과를 단순화해서는 안 된다. 인과의 맥락을 너무 단순하게 제시하는 인과적 분석은 설득력을 갖지 못한다. 중요한 원인과 덜 중요한 원인을 잘 가려서 인과의 과정을 섬세하게 보여주어야 한다. 한 단락으로 된 인과적 분석의 예다.

다수의 개체 중에서 우수한 개체 변이를 한 것만이 그 경쟁에서 이겨 생존하고 패배한 개체는 없어진다는 다윈의 '자연 선택'에 의한 진화론은 생물학의 각 분야에 영향을 미쳤을 뿐만 아니라 사회사상에도 지대한 영향을 미쳤다. 종교적인 면에서 엄청난 반감을 불러일으켰음에도 불구하고 이렇듯 다윈의 진화론이 급속히 보급될 수 있었던 것은 당시의 상황이 그의 이론을 필요로 했기 때문이다. 즉 당시는 산업혁명을 기점으로 해서 나타난 자본주의 및 제국주의가 창궐하던 변혁의 시기로서, 자유 경쟁에 의한 번영의 이념이 그 어느 때보다도 절실히 필요했던 것이다. 결국 다윈의 생존 경쟁설의 이면에는 자유 경쟁 사상이 숨어 있었고, 이것은 당시의 사회적 신념과도 일치하였기에, 그의 진화 사상은 스펜서 등의 사회학자 내지 제국주의자들이 식민지 정책을 합리화하는 데 이론적 바탕이 되었던 것이다.

인과적 분석은 앞 단락과 이어지는 뒤 단락 사이의 관계가 '인과관계'인 경우에 성립하는데, 인과관계는 비교와 함께 단락 이어쓰기의 가장 기본적이고 중요한 유형이라 할 수 있다.

(가) 체내에 과다한 에너지가 들어오면 우리 몸은 이 에너지를 지방으로 바꾸어 나중을 대비해 꽁꽁 저장해놓으려 한다. 게다가 이렇게 저장된 지방은 체내 포도당과 간에 저장된 글리코겐보다 사용 순위가 훨씬 더 낮다. 왜 우리 몸은 이런 시스템을 갖게 되었을까? 먹고 남은 건 체내에 쌓아두지 말고 그때그때 배설시키는 시스템이었다면, 지방부터 에너지로 사용하는 시스템이었다면 비만 걱정은 하지 않아도 좋을 텐데.

(나) 우리의 유전자는 아주 척박한 환경에 알맞게끔 진화돼 있기 때문이다. 기실 인류에게 이렇게 먹을 것이 풍부해진 것은 고작 몇십 년 전이다. 우리 부모님 세대만 해도 봄이 되면 배를 곯으며 산과 들을 찾아다니면서 먹을 수 있는 모든 것을 소화시키며 살았다는 어린 시절 이야기를 어렵지 않게 들을 수 있다. 우리 유전자는 수백만 년 이상을 영양 부족으로 악전고투해야 했고, 남는 에너지를 배설하는 소모적인 시스템은 상상조차 못했다. 유전자가 지방을 저장원으로 택한 이유도 지방은 1g당 9Kcal의 에너지를 저장할 수 있어서 1g당 4Kcal밖에 내지 못하는 탄수화물이나 단백질에 비해 에너지 효율이 높기 때문이다. 좀더 한정된 육체 속에

많은 에너지를 저장하려면 당연히 에너지 효율이 높은 방식을 선택해야 했고, 생존을 위해 이 지방을 아끼고 아꼈다가 제일 마지막에 사용하는 시스템이 진화적으로 유리한 전략이었을 것이다.

과학 칼럼리스트 이은희는 「엄지공주: 다이어트diet? 다이어트dye-t!」에서 비만을 바라보는 시각들을 소개하고, 질병으로서 비만을 예방한다는 차원을 넘어 다이어트 산업이 과도하게 불어나고 있는 세태를 비판하고 있다. 이 글은 「엄지공주: 다이어트diet? 다이어트dye-t!」의 중간쯤에 있는데, 결과에 해당하는 (가)에 이어 (가)의 원인에 해당하는 (나)가 이어지고 있다.

즉, 우리 몸은 체내에 과다한 에너지가 들어오면 지방으로 바꾸어 저장하게 되는데, 이 지방은 체외로 배설되기가 가장 어려운 저장원이어서 비만의 원인이 된다는 내용의 (가)가 결과에 해당하고, 우리의 유전자가 수백만 년 동안 영양 부족으로 악전고투해야만 했던 척박한 환경에서 탄수화물이나 단백질에 비해 에너지 효율이 가장 높은 지방을 에너지 저장원으로 택했다는 내용의 (나)가 원인에 해당한다.

인과관계의 순서는 그 반대일 수도 있다. 즉, 다음의 경우처럼 앞 단락이 원인이 되고 뒤 단락이 원인의 결과가 되기도 한다는 말이다.

(가) 바로크 시대의 음악가들은 대도시의 화려하고 리드미컬한 변화에 걸맞게 기존의 음악 양식을 일거에 바꿈으로써 진정으로 서양 음악사의 첫 출발을 가능케 하였다. 보다 큰 규모의 연주회가 자주 열리게 되자 바로크 시대의 작곡가들은 이러한 예술적 욕구를 충족시켜주기 위해 다채로운 음색과 좀더 강렬한 음향을 만들어내게 되었다.

(나) 그런 이유로 오케스트라의 원형이라 할 수 있는 합주단이 조직되었으며 악기도 기술적으로 훨씬 정교해져 음악가들은 자신들의 음향적 표현을 맘껏 분출시킬 수 있었다. 지금도 시들지 않는 명성을 자랑하는 아마티Amati, 스트라디바리Stradivari, 구아르네리Guarneri 등의 명가에서는 당대의 모든 음악가들이 탐을 낼 만한 바이올린과 첼로를 만들어냈다. 이러한 배경에 힘입어 음악가들은 오케스트라와 현악 독주자가 서로의 기량을 최대한 드러낼 수 있는 곡들을 만들 수 있었다.

문화평론가 정윤수는 「바로크」에서 바로크 음악의 등장 배경을 설명하고, 당시 유럽에서 활약했던 바로크 음악가들도 소개한 후에 바로크 열풍이 최고 수준으로 도약한 비발디Vivaldi의 음악사적 가치로 마무리하고 있다. 이 글은 「바로크」의 도입부 두 단락으로 (가)와 (나)가 '원인-결과'의 관계로 구성되어 있다.

즉, 바로크 시대에 들어서면서 큰 규모의 연주회가 자주 열리게 되자 작곡가들은 이에 맞게 다채로운 음색과 좀더 강렬한 음향을 만들어내게 되었다는 내용의 (가)가 원인에 해당하고, 오케스트라의 원형이라 할 수 있는 합주단이 조직되고, 악기도 정교해져 음악가들이 자신들의 음향적 표현을 마음껏 분출시킬 수 있었다는 내용의 (나)가 결과에 해당한다.

일반적으로 글을 쓰는 이나 읽는 이가 결과를 궁금해하기 때문에, 이 글과 같이 결과가 원인 뒤에 오는 경우보다는 결과가 원인 앞에 오는 경우가 일반적이긴 하다. 하지만, '원인-결과'의 순서, 즉 원인이 있고 결과가 이어지는 논리적으로 자연스러운 순서를 따르는 경우도 제법 볼 수 있다.

인과관계로 단락 이어쓰기는 잘해야 본전이고, 자칫 자의적으로 인과관계를 설정하거나 최신 논의에 대한 정보를 얻지 못해 구태의연한 설명에 머물 경우, 비난의 화살을 피할 길이 없다. 아주 잘 알려진 인과관계에 대한 지식이 부족한 것도 글쓴이에게는 커다란 약점이 된다.

"바다는 왜 파란가?", "무지개는 왜 뜨는가?"와 같이 비교적 쉽게 인과관계를 이야기할 수 있는 질문에도 우리는 시원스럽게 답하지 못한다. "프랑스혁명은 왜 일어났는가?", "제1차 세계대전은 왜 발발했는가?"와 같이 제법 공부가 필요한 질문에 답하는 일은 너무도 조심스럽다.

흔히 글을 잘 쓰는 사람에겐 어떤 타고난 재주 같은 것이 있다고 착각한다. 진정으로 글을 잘 쓰는 사람은 글을 정확하게 쓰는 사람이요, 그런 사람에게 글쓰기는 재주라기보다는 공부다. 안타깝게도 인과관계로 단락 이어쓰기를 하는 데 왕도는 없다. 쓰고 싶은 분야의 지식을 많이 쌓아야 한다.

인과관계로 이어쓰는 단락은 제법 긴 단락일 경우가 많다. 자의적인 느낌을 독자에게 주지 않기 위해서는 할 말이 많기 때문이다. 더욱이 인과관계가 원인 한 단락, 결과 한 단락, 이렇게 단순하지 않은 경우도 많다. 즉, 원인이나 결과에 해당하는 단락이 여러 개일 수도 있다는 말이다. 단락 차원을 넘어 한 편의 완성된 글, 소위 '인과적 분석' 그 자체가 목적인 그런 완성된 글을 쓰는 훈련이 오히려 필요하다.

나는 비교와 인과적 분석이 가장 중요한 설명이라고 생각한다. 그래서 이 두 가지 설명을 목적으로 하는 글을 쓰는 훈련을 게을리하지 않는다. 내가 쓴 '인과적 분석에 해당하는 글'인 「왜 남자들이 메트로섹슈얼이 되는가?」를 소개한다. 이은희와 정윤수의 글이 지나치게 전문적이지만, 이 글은 조금은 쉬울 것이다.

　(가) 젊은 남자들이 명품 의류나 잡화 브랜드 이름을 줄줄 꿰고 있는 데 놀라는 남자는 아직도 남성성의 신화에 빠져 있는 돈키호

테들이다. 카드빚을 내서라도 명품을 구입하며 누리는 생의 쾌락이 더이상 여자들만의 것이 아니게 되었다. 영국의 축구 스타 베컴이 운동 못지않게 옷차림이나 장신구 혹은 헤어스타일에 신경 썼던 것을 보며, 그 시간에 축구 연습이나 더 하지, 하며 혀를 끌끌 차는 남자는 회복이 거의 불가능해 보이는 마초들이다. 베컴은 그렇게 멋을 내야만 더 축구를 잘할 수 있는 선수였다.

(나) 세계적으로 요즘 남자들이 여자들처럼 멋을 내는 이유는 아주 간단하다. 새로운 시대의 여자들이 생물학적으로 더 부드럽고 여성스러운 남자들을 선택하기 때문이다. 이상하게도 여자들이 아널드 슈워제네거의 땀내 밴 우람한 근육보다 향수 냄새가 은은히 풍기는 제비족 베컴의 캘빈 클라인 팬티를 보며 더 성적 매력을 느낀다는 말이다. 이러한 남자와 여자 간의 사회 · 심리적 변화는 우리나라에서도 예외 없이 일고 있다. 온몸을 명품으로 도배하고 인터뷰에 응하던 안정환은 한국의 베컴이 아니었던가?

(다) 언제나 사회 · 심리적 변화의 기미는 장사꾼들이 가장 빨리 눈치 챈다. 패션과 외모에 많은 관심을 보이고, 실제로 쇼핑을 즐기는 소위 '메트로섹슈얼'의 등장에 패션과 화장품 업계는 발빠르게 대처했다. 연예인처럼 옷을 입고, 화장품을 덕지덕지 바르고 싶어 하는 잠재적 고객들이 늘어나자 작업은 시작됐다. 장사꾼들이란 원래 수많은 고객들의 호주머니를 털기 위해 특정한 인물을 뽑아 고객들의 우상으로 만들고, 그에게 보편성을 부여한다.

베컴이나 안정환은 그렇게 뽑힌 메트로섹슈얼의 우상이요 대명사였다.

(라) 미묘한 사회 · 심리적 변화가 일고 잠재저 수요자가 생기자, 그 잠재적 수요자가 실제로 지갑을 열게 만드는 영악한 상술이 만들어졌고, 기어코는 그 미묘한 사회 · 심리적 변화가 보편적 현상으로 자리 잡았다. 이제 대세는 메트로섹슈얼이다. 여자들에게 최고의 남자는 백마 탄 터프한 기사가 아니라, 멋 부릴 줄 아는 로맨틱한 남자가 되었다. 육체적으로 강인하고, 성격적으로 과묵하며, 가정과 사회의 수호자로 군림해야 진짜 남자라고 생각하는 남자들은 더이상 여자들의 관심에 들어오지 않게 된 것이다.

(마) 하지만 알아둘 점이 있다. 이처럼 남성성이 거세된 시대가 순식간에, 그리고 우연히 온 것은 결코 아니다. 폭력적이고 권위적인 남자들과 순종적이고 자기비하적인 여자들의 바람직하지 못했던 관계는 남녀 상호간의 이해와 관용의 힘에 의해 서서히 무너졌다. 여자들을 인격적으로 존중하기보다는 지배의 대상으로 보고, 필요에 따라 여자들을 상품화하며, 남녀 간의 불평등한 결합을 정당화하는 데 쓰였던 무기가 바로 지금 급격하게 거세되고 있는 '남성성'이 아닌가? 남자의 미래가 한편 가련하기도 하지만, 뿌린 대로 거두는 셈이다.

(가)에서는 요즘의 세태를 제시하고, (나)는 그러한 세태의

원인 중 하나를 설명하면서 일단 '인과관계'의 구색을 갖춘다. 하지만 (가)와 (나)로는 원인과 결과가 충분히 분석적이지 못하다. 인과관계가 제법 복잡하기 때문이다. 그래서 (다)와 (라)가 필요하다. (마)는 '메트로섹슈얼의 등장'이라고 하는 세태가 제법 뿌리가 깊다는 사실을 지적하면서 글을 마무리하는 다분히 수사修辭적인 단락이라 할 수 있다.

부정하라

부정에는 언제나 대조되는 긍정이 딸려 있다.

— 아리스토텔레스(그리스의 철학자)

　　글쓴이는 글에서 자신의 설명이나 주장에 부합하는 단락(플러스 단락)만 쓰지는 않는다. 때로는 부합하지 않는 단락(마이너스 단락)을 쓰고 이어서 플러스 단락을 써서 강조 효과를 기대하기도 한다. 또 플러스 단락을 부정하면서 마이너스 단락을 쓴후 그 마이너스 단락을 재부정해서 자신의 설명이나 주장을 심

154

화해나가기도 한다. 그래서 글에는 의외로 '하지만', '그러나', '그렇지만' 등의 연결어로 시작하는 부정 단락이 많다.

부정의 대상이 될 마이너스 단락을 앞에 두고 그 단락의 주제나 주제문을 부정하는 단락을 이어쓰는 경우는 매우 흔히 볼 수 있다. 이때 처음 등장하는 마이너스 단락은 글쓴이가 글 전체에서 하고자 하는 설명이나 주장에 부합되지 않는 내용을 담고 있다.

(가) 상식적으로 사람들은 과학과 미술이 마치 자석의 양극처럼 상반된 활동이라고 생각한다. 과학은 이성, 논리적 추론, 엄밀한 실험에 근거한 반면에, 미술에서는 상상력과 자유로운 창작 활동이 중요하다고 본다. 또 과학은 자연에 존재하는 대상을 객관적으로 탐구하는 데에 반해서, 미술은 인간의 내면에 존재하는 심성을 주관적으로 구성해낸다고 믿는다. 과학과 미술을 이렇게 보았을 때, 둘 사이에 겹치는 부분은 거의 존재하지 않고 둘이 상호작용할 가능성도 크지 않다.

(나) 그렇지만 최근의 과학사, 예술사의 연구들은 과학과 미술이 스펙트럼처럼 연결되어 있음을 드러낸다. 과학에서도 상상력이 필요한 만큼 미술에서도 논리와 실험이 중요하며, 과학자의 발견이 탐험가가 무인도를 발견하는 것과는 사뭇 다른 '구성'의 과정을 포함하듯이, 예술가의 창작도 마치 과학처럼 의미 있는 질문

을 던지고 그것을 해결하는 과정을 포함하기 때문이다. 과학은 이성의 산물이고 예술은 상상력의 산물이 아니라, 과학과 예술 모두 이성과 상상력이 결합해서 만들어진다는 것이다. 과학과 예술의 차이는, 본질의 차이라기보다는 정도의 차이라고 볼 수 있다.

홍성욱의 「과학과 미술」은 역사적으로 볼 때 미술은 과학에서 새로운 표현 매체와 새로운 세계관 등을 빌려왔고, 반면에 과학은 예술에서 새로운 표현 기법과 세상에 대한 새로운 경험 등을 제공받았다고 설명하고 미술과 과학의 통섭을 주장하는 글이다. 홍성욱은 과학도들에게 실험실을 벗어나서 미술관으로 발걸음을 옮겨보기를 권한다. 현대미술을 감상하다가 새로운 과학적 상상력의 도화선에 불이 당겨지기를 희망하기 때문이다.

이 글은 「과학과 미술」의 중간쯤에 있는데, (가)는 전형적인 마이너스 단락으로 과학과 예술이 자석의 양극처럼 상반된 점이 많다는 통념을 내용으로 하고 있다. 이를 부정하는 (나)는 최근의 과학사나 예술사의 연구 성과들에 의하면, 과학과 예술 모두 이성과 상상력이 결합해서 만들어지기 때문에 과학과 예술의 차이는 본질의 차이라기보다는 정도의 차이라고 볼 수 있다는 홍성욱의 주장에 부합한다. 전형적인 플러스 단락인 것이다.

부정이 두 번 이상 이어지는 예를 보자. 글의 주제를 뒷받침

해주는 플러스 단락일지라도 부정의 대상이 될 수 있다. 어떠한 경우에도 부정될 수 없을 정도로 완벽하게 글의 주제에 부합하는 단락은 드물기 때문이다. 모든 단락은 정도의 차이가 있을 뿐 글의 주제에 부합되기도 하고 반反하기도 한다.

(가) 과거에는 여가를 즐기는 계층은 소수였고 일하는 계층은 다수였다. 유한 계층이 누리는 편의는 사회 정의란 측면에서 볼 때 완전히 잘못된 것이었다. 그 결과 유한 계층은 압제적으로 되어갔고 자기들만의 공감대 내로 좁혀지고, 특권을 정당화하기 위한 논리들을 만들어내야 했다. 이 같은 점들은 이 계층의 우수성을 상당히 위축시켰다.

(나) 그러나 이러한 장애에도 불구하고 이 계층은 이른바 문명이란 것을 담당하는 공헌을 했다. 예술을 발전시키고 과학적 발견들을 이루었다. 책을 쓰고, 철학을 탄생시키고, 사회관계들을 세련시켰다. 억압받는 자들의 해방 운동조차도 흔히 위로부터 일어난 것이었다. 유한 계층이 없었더라면 인류는 결코 야만 상태에서 벗어나지 못했을 것이다.

(다) 그러나 아무런 의무를 지우지 않은 채 유한 계층을 대대로 세습하는 것은 엄청난 낭비다. 이 계층의 구성원 그 누구도 근면하라고 가르쳐지지 않았으며, 그렇다고 이 계층이 전반적으로 유별나게 똑똑한 것도 아니었다. 이 계층에서 어쩌다 다윈 같은 사

람이 하나 나왔다 하더라도 그 뒤에는 여우 사냥이나 하고 밀렵자를 벌주는 일 이상의 지적인 일에 대해선 생각조차 해본 적도 없는 시골 신사들이 수만 명이나 있었던 것이다.

버트런드 러셀은 「게으름에 대한 찬양」에서 신기술이 약속한 게으름의 증대가 실제로 실현된 좀더 여유로운 사회의 가능성을 탐색하고, 이윤 동기 이외에 노동을 비롯한 모든 인간 활동을 판단하는 기준이 될 새로운 가치들이 필요하다는 점을 강조한다. 자유롭게 누릴 수 있는 게으름의 진가를 인정하지 못하는 사회는 휴머니즘에 등을 돌려버린 사회라고 단언한다. 이 글은 「게으름에 대한 찬양」의 뒷부분에 있는데, 유한 계층에 대한 러셀의 반감이 잘 드러나 있다.

이 글의 (가), (나), (다) 세 단락에서 러셀은 각각 "유한 계층은 나쁘다", "유한 계층은 나쁘지 않다", "유한 계층은 나쁘다", 이렇게 유한 계층에 대한 입장을 두 번이나 부정했다. 먼저 플러스 단락을 쓰고, 이어서 마이너스 단락을 쓴 후, 최종적으로 다시 플러스 단락을 쓴 경우라 하겠다. 물론 (가)의 "유한 계층은 나쁘다"와 (다)의 "유한 계층은 나쁘다"가 같은 것은 아니다. 부정이 꼬리를 물면서 논의가 더 깊이 있고 풍성해졌기 때문이다.

앞서 든 두 예와 달리 그저 앞 단락을 흠집 내는 수준의 부정으로 단락을 이어가는 방법도 흔히 볼 수 있다. 부정이라기보다는 보완이 맞을지도 모르겠다. 아래의 글에서 (나)가 바로 그러한 부정 단락이라고 할 수 있다.

(가) 인간은 지금까지 다른 동물들을 음식물과 노동력으로 썼고, 최근에는 과학 실험실의 재료로도 썼다. 그리고 큰 양심의 가책 없이 그렇게 한 것은 일반적으로 동물은 인간과 같은 도덕적 고려 같은 것을 받을 자격이 없다고 믿었기 때문이다. 그러나……최근 역사에서는 많은 나라에서 동물 학대를 범죄시하고 농부와 도살장 노동자, 사냥꾼, 동물원 사육사, 서커스 단원, 실험실 연구자가 동물을 다루는 방식을 규제하는 법률을 통과시켰다.

(나) 하지만 동물과 동물의 도덕적 지위에 관심을 기울인 오랜 역사를 생각하면 이것도 너무 늦었고 여전히 불충분하다. 아리스토텔레스의 제자였던 테오프라스토스는 기원전 4세기에 동물도 인간의 도덕적·감정적 특성 가운데 일부를 공유하고 있다고 주장하며 채식주의와 동물에 대한 처우의 개선을 촉구했다. 물론 그의 견해는 아주 소수의 견해였고, 기독교 시대에는 더욱 그렇게 되었다. 기독교 시대에는 『성경』에서 동물이 인간의 지배를 받는 것을 승인했고, 이것이 인간의 편의를 위해 오랜 세월 너나없이 동물을 착취한 것을 더욱 정당화하는 데 이용되었다.

앤서니 그레일링은 「동물들에게도 변호사가 필요하다?」에서 동물도 고통과 기쁨을 느낄 수 있고 우울증과 불안 같은 감정적 상태를 겪을 수 있다고 말한다. 동물이 고통을 당하지 않도록 보호해줄 것을 촉구하며 모든 동물이 '진화론적으로나 도덕적으로 친족'이라는 근거에서 동물의 권리를 보호해줄 것도 요구하고 있다.

이 글은 「동물들에게도 변호사가 필요하다?」의 도입부인데, (가)는 이 글의 주제 혹은 주제문과 거의 일치하는 내용을 담고 있는 플러스 단락이다. 즉, 최근 많은 나라에서 동물 학대를 범죄시하고 동물을 다루는 방식을 규제하는 법률을 통과시켰다는 사실을 설명하고 있다.

그레일링은 (가) 다음에 (나)와 같이 부정 단락을 이어써서 (가)에 흠집을 내고 있다. 즉, 아리스토텔레스의 제자였던 테오프라스토스에게서 이미 동물의 도덕적 지위에 대한 인식을 엿볼 수 있었는데, 최근에야 그 인식을 실천에 옮긴 데 대해 나무라고 있다. 동시에 그레일링은 왜 이제야 동물 학대를 범죄시하고 동물을 다루는 방식을 규제하는 법률을 통과시켰느냐고 지적하고 있으니, 이 단락은 마이너스 단락이면서 플러스 단락이 아닌가? 사정이 이러하기 때문에 (나)가 (가)를 부정하기는 하지만, 실질적으로는 (가)를 보완하는 기능을 한다고 볼 수 있다.

부정하는 방법을 통해 단락을 이어쓰는 가장 기본적인 형태는 홍성욱의 「과학과 미술」이다. 당연히 우리는 통념이나 편견에 대해 부정하는 훈련을 쌓을 필요가 있다. 그러한 훈련으로 적합한 책은 많다. 통념이나 편견 깨기의 대가라고 할 수 있는 버트런드 러셀의 『행복의 정복』, 『런던 통신 1931~1935』, 『게으름에 대한 찬양』 등을 읽으며 그러한 훈련을 쌓기를 권한다.

　나는 마르쿠스 키케로의 『노년에 관하여』에 묘한 매력을 느낀다. 이제 50을 넘어 노년을 향해가고 있으니 그럴지도 모른다. 이 책에서 노년에 관한 편견을 부정하는 논리는 버트런드 러셀과 달리 추상적이고 모호하지만, 생을 달관한 듯한 비유와 상징이 유쾌하다. 그 예들을 Q&A 형식으로 네 가지만 소개한다.

　Q1 : 노년은 삶의 사족이 아닌가?

　A1 : 인생이란 드라마의 다른 막들을 훌륭하게 구상했던 자연이 서투른 작가처럼 마지막을 소홀히 했으리라고는 믿기 어렵다.

　Q2 : 노년에는 활동력이 떨어지지 않는가?

　A2 : 젊은 사람들은 돛대에 오르고, 배 안의 통로를 돌아다니고, 용골에 괸 더러운 물을 퍼내는데, 키잡이는 고물에 가만히 앉아 키를 잡는다. 활동력이 떨어지는 일이니 노인이 하기에 적합하다. 그런데 생각해보라. 과연 키잡이가 아무것도 하는 일이 없을

까? 큰일은 체력이나 민첩성이나 신체의 기민성이 아니라, 계획과 명망과 판단력에 의하여 이루어진다. 그리고 이러한 자질들은 노년이 되면 대개 더 늘어난다.

Q3 : 노년에는 감각적 쾌락이 없지 않는가?

A3 : 세월이 정말로 젊은 시절의 가장 위험한 약점으로부터 우리 노인을 해방해준다면, 그것은 세월이 노인에게 주는 최고의 선물이다. 자연이 인간에게 준 역병疫病 가운데 쾌락보다 치명적인 것은 없다. 노인들은 쾌락을 바라지도 않는다. 그리고 바라지 않는 것은 그 어떤 고통을 줄 수 없다. 이미 연로해진 소포클레스에게 어떤 사람이 아직도 성적 접촉을 즐기느냐고 물었을 때 그는 "아이고 맙소사! 사납고 잔인한 주인에게서 도망쳐 나온 것처럼 이제 나는 막 거기서 빠져나왔소이다"라고 적절하게 대답했었다.

Q4 : 노인은 곧 죽지 않는가?

A4 : 젊은이들이 죽으면, 마치 강한 불길이 많은 양의 물에 의해 꺼지는 것처럼 보이지만, 노인들이 죽으면, 마치 외부의 힘이 가해지지 않는 가운데 불이 다 타서 저절로 꺼지는 것처럼 보인다. 그리고 마치 과일이 설익었을 때에는 따기가 힘들지만 농익었을 때에는 저절로 떨어지듯이, 젊은이들에게서는 폭력이, 노인들에게서는 완숙이 목숨을 앗아간다. 그리고 노인에게는 이런 '완

162

숙'이란 생각이 너무나 즐거워, 내가 죽음에 더 가까이 다가갈수록 마치 오랜 항해 끝에 마침내 육지를 발견하고는 항구에 입항하려는 것 같은 느낌이 든다.

명시하라

최후의 한마디가 할 수 있는 일은 최초의 한마디에
벌써 분명히 나타나 있지 않으면 안 된다.

— 요한 볼프강 폰 괴테(독일의 작가)

　이제까지는 단락 이어쓰기의 6가지 방법에 대해 살펴보았
다. 그 외에 글쓴이가 이어쓰는 단락의 서두에 '이러저러한 내
용의 글을 이번 단락에 쓰겠다'며 명시적으로 언급하는 방법도
있다. 글쓴이가 단락의 형식을 스스로 규정하는 이 방법은 그야
말로 다종다양하다. 논리적 비약이 지나치게 심하지만 않다면,

그 어떤 내용의 단락도 이전 단락에 이어쓸 수 있지 않겠는가?

표준적인 형식을 무시할 수는 없지만, 글쓰기는 자유로운 사색의 결과이기 때문에 지나치게 형식에 얽매여서는 안 된다. 따라서 '단락의 성격에 대한 명시적 언급'은 단락 이어쓰기의 가장 자유로운 방법이라 할 수 있다.

(가) 1999년, 새로운 밀레니엄을 맞이하기 전 1년을 보내면서 전 세계 사람들 입에 자주 오르내린 이름이 하나 있었다. 노스트라다무스가 바로 그 주인공이다. 오랜 세월 명망 있는 예언가로 꼽혀온 그가 1999년 7월에 지구가 멸망한다고 경고했으니, 그 시기가 닥쳤을 때 수많은 사람들이 숨을 죽이고 지구의 운명을 지켜보았다. 그런데 이게 웬일인가? 1999년이 다 저물도록 지구는 멀쩡하지 않았나? 대체 어찌된 일일까?

(나) 여기서 노스트라다무스 예언의 특징을 한 가지 살펴보자. 노스트라다무스의 예언서는 시로 되어 있는데 그 표현이 모두 불분명하고 두루뭉술하다. 그러다 보니 그것이 구체적으로 무엇을 가리키는지 자기 식으로 해석해야만 한다. 예를 들어, '속이 비어 있는 산 속의 길'이라는 문장을 가리켜 누구는 알프스의 긴 터널이라 하고, 또 다른 누군가는 뉴욕의 브로드웨이라고 한다. 높은 빌딩들 사이로 뚫린 뉴욕의 거리가 속이 비어 있는 산 속의 길과 비슷하다는 것이다. 그런가 하면 '전염병'이란 표현에는 에이즈부

터 지구 온난화 그리고 북해 연안에서 일어나는 홍수에 이르기까지 다양한 해석이 난무한다. 쉽게 말해 '코에 걸면 코걸이, 귀에 걸면 귀걸이' 식으로 쓴 글이기 때문에, 노스트라다무스의 예언은 어떤 일에건 척척 들어맞는 것처럼 보인다는 것이다.

단락을 어떤 방식으로 이어쓸 것인지 글쓴이가 직접 밝히는 것은 단락을 이어쓰는 데 가장 기본적인 방법일지도 모른다. 노스트라다무스의 예언이 맞지 않는 이유를 '다양한 해석의 가능성'에서 찾은 정재승·전희주의 「노스트라다무스의 예언, 문제는 바로 해석에 있다」의 도입부에 해당하는 이 글에서 (나)는 (가)에서 던진 물음에 대한 답 중 하나다. 글쓴이는 '노스트라다무스 예언의 다양한 해석 가능성'이라는 특징에서 노스트라다무스의 예언이 빗나간 이유를 설명하면서 (가)의 물음에 답한다. (나)가 그런 단락임을, 단락의 첫 문장, '여기서 노스트라다무스 예언의 특징을 한 가지 살펴보자'로 분명히 하고 있다. 이 문장은 이어지는 단락에 대한 안내장 역할을 하는 것이다. 이렇듯 글쓴이가 이어쓰는 단락의 안내장을 직접 독자에게 보내는 경우는 의외로 많다.

(가) 무척추동물 중에서도 아주 하등한 편형동물인 플라나리아에게 빛을 쬔 다음에 전류를 흘리면 저절로 수축하는데, 이러기

를 여러 번 반복한 다음에 빛을 주면 전류를 흘리지도 않아도 몸을 움찔 움츠리는 것을 볼 수 있다. 이것은 개에게 먹이를 주기 전에 종소리를 들려주는 것을 되풀이하면 종소리만 들어도 침을 흘리는 파블로프Ivan Pavlov, 1849~1936의 조건반사conditioned reflex와 다르지 않다.

(나) 조건반사 이야기를 조금 더하자면, 조건반사는 앞의 이야기처럼 '소리'로만 일어나는 것이 아니다. 여기 새콤한 귤이 탐스럽게 한 소쿠리가 있다 치자. 한 사람은 그것을 많이 먹어봤고, 딴 친구는 금시초문으로 들어 보지도 먹어 보지도 못했다. 눈앞에 놓인 그것을 보고 전자는 침을 흘리는데 후자는 멀뚱멀뚱 아무런 반응이 없다. 여러 번 먹어본 사람은 대뇌에 반사중추가 형성되어 있어 그것을 '보기만' 해도, 또 '냄새'만 맡아도 반응(조건반사)을 보인다. 물론 앞 사람은 귤 이야기를 '듣기'만 하고도 타액 분비가 일어난다. 다시 말해서 시각, 청각, 미각, 후각, 촉각으로도 반사중추가 생길 수 있다.

'모방이나 학습'이 인간만의 소유물이 아님을 다양한 예를 들어 설명한 권오길의 「배우지 않는 동물은 없다」의 일부다. (나)는 '조건반사 이야기를 조금 더하자면'으로 시작하고 있다. 우리는, 특별히 지루하지만 않다면, 조금 더하고자 하는 이야기를 읽으면 된다. '조건반사 이야기를 조금 더하자면'은 지나치게 노골적인 언급이지만, 비교적 구어체 문장을 구사하는 권오길의 글임을 감안하면, (나)에 대한 친절한 안내장 역할을 한다고 볼 수 있다.

글을 쓴 후 퇴고하면서, 단락 이어쓰기가 물 흐르듯 자연스럽지 못할 경우, 단락 첫머리에 '단락의 성격에 대한 명시적 언급'을 추가하는 훈련이 필요하다. 내가 쓴 글 한 편을 퇴고하면서 그런 작업을 한 예를 소개해본다. 사실 단락 단위의 퇴고에서 이러한 작업은 거의 필수적이다.

(가) 싱거울 정도로 간단한 줄거리다. 노인이 청새치를 낚기 위한 사투, 그리고 그 청새치를 뜯어먹는 상어들과의 또 다른 의미의 사투 외에 이렇다 할 사건이나 갈등이 전혀 없다. 작품 초반과 마지막에 잠깐 나오는 따뜻한 심성의 소년 마놀린을 제외하면 노인 단 한 명의 등장인물만을 갖는 단순한 작품인 셈이다. 하지만 이 작품에는 노벨문학상에 값하고도 남는 심오한 상징의 세계가 존재하고, 우리는 그 세계의 존재에 압도된다.

(나) '읽기는 쉬워도 감동의 울림은 오래가는 『노인과 바다』의 마력은 도대체 무엇인가?' 헤밍웨이는 쿠바의 아바나와 미국의 플로리다주 키웨스트에서 지내며 바다낚시를 즐겼는데, 그가 잡은 청새치만도 800마리 정도 된다고 한다. 지루하게 이어지는 바다 생물들과의 사투 과정에서 보이는 고기잡이에 대한 전문적인 지

식은 작품에 생동감을 불어넣는다. 그럼으로써 독자는 산티아고와 완전히 혼연일체가 되어 광활한 멕시코만류에 떠다니는 고독한 어부가 된다.

이 글은 내가 「바다는 단순한 피서지가 아니다」라는 제목으로 쓴 글의 중간 부분에 있는 두 단락이다. 초고에서는 쓰지 않았던 '읽기는 쉬워도 감동의 울림은 오래가는 『노인과 바다』의 마력은 도대체 무엇인가?'는 (가)에 이어쓴 (나)의 성격을 분명히 해주고 있다. 독자들은 두 단락의 연결을 무난하게 받아들일 것이다.

그런 생각은 나의 착각인지도 모른다. 불필요한 문장 하나가 더 들어가는 바람에, 독자들이 내 글에서 느낄 수 있었을지도 모르는 글맛을 잃어버렸을지도 모른다는 말이다. 이 불필요한 문장을 지워버릴까? 지인에게 물어본다. 그 친구는 지워버리지 않는 편이 낫다고 말한다. 퇴고하면서 애써 쓴 문장 하나가 지워질 뻔했다. 퇴고란 이렇듯 쓸지 지울지를 몇 번이고 반복하는 것이다.

나는 '여기서 노스트라다무스 예언의 특징을 한 가지 살펴보자'와 '조건반사 이야기를 조금 더하자면'은 글쓴이가 심사숙고한 소산이라고 생각한다. 내 생각과 달리 별 생각 없이 쓴 것일지도 모른다. 별 생각 없이 썼다 해도, 오랜 세월 글을 쓰면서 터득한 경험적 직관이 글쓴이에게 그렇게 쓸 수 있도록 해 주었을 것이다. 본래 글쓰기의 달인들은 어려운 글을 쉽게 쓰는 법이다.

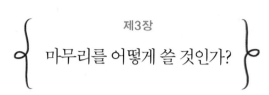

제3장

마무리를 어떻게 쓸 것인가?

분명하게 글을 쓰는 사람에게는 독자가 모이지만,
모호하게 글을 쓰는 사람에게는 비평가만
몰려들 뿐이다.

알베르 카뮈 Albert Camus, 1913~1960

독자들의 의문을 풀어주어라

착각 속에서 고집을 부리는 것이
아무리 만족과 안심을 준다 해도,
그보다는 있는 그대로의 진짜
우주를 이해하는 편이 훨씬 나을 것이다.

— 칼 세이건(미국의 천문학자)

독자들이 '사실 그 자체'를 읽고 싶어 할 때, 독자들에게 써
주어야 할 글이 설명문이다. 설명문의 마무리 단락은 독자들이
그동안 몰라서 아쉬웠던 의문점이 시원하게 풀릴 수 있는 내용
을 담고 있어야 한다. 설명문에서는 마무리 단락 이전에도 사
실들을 설명할 수 있다. 하지만 마무리 단락은 이전 단락들과

는 뭔가 달라야 한다. 그래야 글의 완성도도 높아지고, 독자들도 읽는 재미를 느낄 수 있다. 무엇이 어떻게 달라야 하는가?

동짓날 절식의 하나이다. 새알심이라 불리는 찹쌀 경단을 함께 섞어 끓이기도 한다. 동짓날 팥죽을 끓여 먹는 풍속은 중국의 풍습에서 전래된 것으로 여겨진다. 공공씨共工氏의 자식이 동짓날에 죽어 역귀疫鬼가 되었다.

동짓날 그가 생전에 싫어하던 붉은팥으로 죽을 쑤어 역귀를 쫓았던 중국의 풍습이 있었다. 그 전래 시기는 알 수 없으나, 『목은집』·『익재집』 등에 동짓날 팥죽을 먹는 내용의 시가 있는 것으로 미루어 보면 고려시대에는 이미 절식으로 정착되었음을 알 수 있다.

조선시대의 풍속을 적은 『동국세시기』나 『열양세시기』에도 동짓날 팥죽을 쑤어 먹는다는 기록이 보인다. 『군학회등』·『규합총서』·『부인필지』 등의 문헌에는 구체적인 조리법이 기록되어 있다.

만드는 법은 다음과 같다. 팥에 약 8~10배의 물을 붓고 팥알이 충분히 퍼지도록 삶은 다음, 체에 걸러서 껍질을 제거하고 가라앉힌다. 가라앉힌 웃물을 떠서 솥에 붓고 쌀을 넣은 다음 중간 불에서 끓이다가, 쌀이 거의 퍼졌을 때 가라앉은 팥앙금을 넣고 고루 섞어서 다시 끓인다.

이때 찹쌀가루를 익반죽하여 둥글게 새알 모양으로 빚은 새알심을 함께 끓인다. 새알심이 떠오르고 팥죽색이 짙어지고 걸쭉하게 되면 소금으로 간을 한다. 식성에 따라 설탕을 넣어먹기도 한다. 동지팥죽의 새알심은 가족원 각각의 나이수대로 넣어먹기도 한다.

동짓날 팥죽을 쑤어먹기에 앞서 대문이나 장독대에 뿌리면 귀신을 쫓고 재앙을 면할 수 있다고 여겼다. 이사하거나 새 집을 지었을 때에도 팥죽을 쑤어 집 안팎에 뿌리고, 이웃과 나누어 먹는 풍습이 있다. 또한, 병이 나면 팥죽을 쑤어 길에 뿌리기도 하였는데, 이것은 팥의 붉은색이 병마를 쫓는다는 생각에서 연유한 것이다.

상을 당하였을 때에도 친지나 이웃에서 팥죽이나 녹두죽을 쑤어 보내는 풍습이 있으며, 여름 삼복에 팥죽을 쑤어먹는 풍습이 있어 복죽伏粥이라고도 하였다. 겨울철의 별미음식으로 점심 또는 간식으로 널리 쓰였으며, 주막이나 행인의 내왕이 많은 길목에는 팥죽을 파는 집이 있어 요기음식으로도 널리 보급되었다.

이 글은 『한국민족문화대백과사전』에 실린 「팥죽」이다. 마무리 단락 이전의 글에서 사전 편찬자는 동짓날 절식 중 하나인 팥죽의 유래, 조리법, 관련 풍습 등을 설명하고 있다. 그에 반해 마무리 단락에서는 동짓날 외에도 요기음식으로 팥죽을 먹었다는 사실을 설명하고 있다.

한눈에 보기에도 글 전체의 구성이 엉성하고, 마무리 단락이 어떤 면에서 이 글의 마무리 역할을 하는지 이해하기도 힘들다. 잡다한 지식을 나열해 놓는 사전적 설명의 한계라 하겠다. 결코 권하고 싶은 마무리 단락 쓰기가 아니다. 그저 사실을 기술하기만 하면 좋은 설명문이 되는 것이 아니요, 사실 설명만으로 마무리 단락을 채운다 해서 좋은 마무리 단락이 되는 것은 아니다. 이 글은 아직 마무리 단락을 쓰지 않은 것 같은 느낌을 준다.

월버 라이트(1867~1912)와 오빌 라이트(1871~1948) 형제는 오하이오주 데이턴에서 자전거를 설계하고 수리하는 일로 생계를 잇고 있었다. 하지만 두 사람의 꿈은 지상에 매여 있지 않았다. 형제가 열정을 쏟아부은 대상은 바로 비행기였다.

1896년 두 사람은 비행 기술의 발전에 관한 소식을 들었다. 스미스소니언협회의 새뮤얼 랭글리 소장(1834~1906)이 증기로 움직이는 무인 모형 비행기를 만들어 0.8km 비행에 성공한 것이다. 또 시카고의 기술자 옥타브 샤누트(1832~1910)는 행글라이더를 제작해 바람이 많이 부는 미시건 호의 남쪽 기슭을 따라 시험 비행을 했다. 이런 성과는 비행 기술이 상당히 발전했다는 것을 의미했지만 라이트 형제는 랭글리와 샤누트가 과녁을 정확하게 맞히지는 못했다고 생각했다.

월버와 오빌은 기술에 관해 구할 수 있는 모든 자료를 읽은 뒤 비행기가 성공적으로 날기 위해서는 모터로 동력을 얻어야 한다는 결론을 내렸다. 랭글리의 시도가 이런 방향으로 기술을 발전시킨 것이었지만 여전히 비행기를 자유자재로 제어할 수는 없었다. 또 행글라이더는 사람이 타고 이륙할 수는 있어도 일단 공중으로 올라가면 대개 바람에 좌지우지되었다. 그래서 1890년대 말에는 글라이더가 추락하여 사망하거나 치명적인 부상을 입는 사고가 빈번하게 일어났다.

1899년 어느 날 윌버는 대머리수리가 오른쪽이나 왼쪽으로 방향을 바꾸려고 할 때 날개를 비튼다는 것을 발견했다. 형제는 조종사가 기체를 좌우로 돌릴 수 있고 고도를 높이거나 낮출 수 있으며 날고 있는 독수리처럼(혹은 자전거 타는 사람처럼) 기체를 비스듬하게 기울여 회전하는 제어 장치를 설계하기 시작했다. 제어 장치가 완성되자 이번에는 비행기에 추진력을 줄 4기통, 12마력 엔진을 개발했다.

형제는 노스캐롤라이나주 키티호크에 있는 모래 언덕으로 갔다. 키티호크는 외딴 지역이어서 시험 비행이 실패해도 언론에 시달리지 않아도 될 뿐 아니라 비행기가 추락할 경우 모래 언덕 위라서 좀더 부드럽게 떨어질 거라고 생각한 것이다. 1903년 12월 17일 현지 사업가 한 사람, 마을 소년 한 사람, 근방의 인명 구조대에서 온 세 사람이 지켜보는 가운데 오빌이 최초로 유인 비행에 성공했다. 오빌은 12초 동안 시속 10.9km의 속도로 36m를 날았고 비행 고도는 지상에서 약 3m였다.

「비행기」라는 이 글에는 라이트 형제가 첫 비행에 성공하기까지의 과정이 시간순으로 지루하게 이어지고 있다. 이 글이 실린 토머스 J. 크로웰의 『역사를 수놓은 발명 250가지』역시 일종의 지식사전으로 짧은 지면 안에 최대한 많은 정보를 제공해 주어야 하는 한계가 있었기 때문이다.

이 글을 쓴 크로웰은 저널리스트로 글쓰기에 익숙한 사람이다. 마무리 단락을 장식할 줄 아는 사람이다. 이 글은 『한국민족문화대백과사전』에 실린 「팥죽」과 달리 마무리 단락이 글 전체의 클라이맥스, 즉 라이트 형제가 첫 비행에 성공하는 역사적 순간을 생생하게 전달해주고 있다. 마무리 단락으로서 면모를 제대로 가지고 있는 것이다.

설명문은 친절한 것이 가장 중요하지만, 재미있지 않고서는 친절하기도 힘들다. 설명문의 형식이 재미있게 펼쳐지고 있는 다음 글을 보자.

"밤하늘은 왜 어두운가?" 이런 싱거운(?) 질문 하나가 몇 세기 동안 천문학자들의 머리를 싸매게 했다니, 얼른 믿어지지 않지만 사실이다. 이 질문의 의미는 보기보다 심오하다. 어두운 밤하늘이 '무한하고 정적인 우주'라는 기존의 우주관에 모순된다는 것을 보여주기 때문이다. 우주가 무한하고 별들이 고르게 분포되어 있다면, 우리 눈앞에 펼쳐진 2차원의 밤하늘은 별들로 가득 메워져 밤에도 환해야 한다. 왜냐하면 우리 시선이 결국은 어떤 별엔가 닿을 것이기 때문이다. 그러나 현실은 그렇지 않다. 밤하늘은 여전히 캄캄하다! 이건 역설이다. 왜 그런가?

이 화두를 던진 사람은 독일의 천문학자이자 의사인 올베르스다. 그래서 이 역설을 '올베르스의 역설'이라고 한다. 소행성 발견자인 올베르스는 '어두운 밤하늘의 역설'이라고도 하는 이 역설로 더욱 유명해졌다. 이 질문에 대한 올베르스 자신의 답은, 별빛을 차단하는 무엇, 예컨대 성간가스나 먼지 같은 것들 때문이라는 것이었다. 하지만 땡, 틀렸다. 먼지와 가스층이 우주 공간을 메우고 있다면 오랜 세월 빛에 노출되어 발광성운이 되어 빛나게 되므로 우주는 마찬가지로 밝아질 것이기 때문이다. 케플러도 이 문제 때문에 골머리를 앓다가 "우주는 유한해서 그렇다"고 결론 내리고 말았다. 이 역시 정답은 아니다.

올베르스의 역설을 처음으로 해결한 사람은 뜻밖의 인물이었다. 미국의 작가이자 아마추어 천문가인 에드거 앨런 포였다. 자신이 천체를 관측한 것에 대해 쓴 산문시 「유레카」(1848)에서 그는 "광활한 우주 공간에 별이 존재할 수 없는 공간이 따로 있을 수는 없으므로, 우주 공간의 대부분이 비어 있는 것처럼 보이는 것은 천체로부터 방출된 빛이 우리에게 도달하지 않았기 때문이다"고 주장했다. 그는 또, 이 아이디어는 너무나 아름다워서 진실이 아닐 수 없다고 자신했다. 예술가다운 직관이라 하겠다.

포의 말마따나 밤하늘이 어두운 이유는 빛의 속도가 유한하고, 대부분의 별이나 은하의 빛이 아직 지구에 도달하지 않았기 때문이다. 그것은 또 우주가 태어난 지 충분히 오래지 않았기 때문이기도 하다. 그러나 포가 미처 몰랐던 중요한 사실이 하나 더 있다. 그것은 우주가 지금 이 시간에도 계속 엄청난 속도로 팽창하고 있다는 사실이다. 그러므로 지금 도달하지 못한 빛들이 당분간 아니, 영원히 도달하지 못할 것이고, 밤하늘이 점차 밝아지는 일도 일어나지 않을 것이라는 게 정답이다.

이광식이 쓴 「밤하늘은 왜 어두운가?: 올베르스의 역설」은 우선 수미상관식 구성이 돋보인다. 즉, 도입 단락에서 의문을 제기하고, 마무리 단락에서 그 의문에 대한 답을 제시해주는 구성이다. 마무리 단락이 다른 단락들과의 차별성을 분명하게 보여주고 있는 것이다.

그렇다고 나머지 단락들이 두 손 놓고 있지는 않다. 두 번째 단락은 "밤하늘은 왜 어두운가?" 같이 싱거운 질문이 실은 매우 답하기 곤란한 질문이었다는 사실과 의외로 애드거 앨런 포가 이제까지 그 어떤 과학자보다도 근사한 답을 내놓았다는 흥미로운 사실을 설명하면서, 이 글을 읽는 재미를 더해주고 있기 때문이다. 이 글은 깔끔한 글이 가질 수 있는 중요한 형식도 보여주고, 마무리 단락이 글 전체를 대표하는 힘을 어떻게 갖는지도 보여준다.

'사실 설명'으로 마무리 단락을 쓰는 것은 『한국민족문화대백과사전』에 실린 「팥죽」처럼 사전적 설명에서 시작하는 것이 좋다. 사실 설명에는 불충실하면서 글 전체의 형식을 고민하고, 괜한 멋을 부려서는 안 된다는 말이다. 마무리 단락은 아무리 잘 써도 전체 글 중 그저 한 개의 단락일 뿐이다. '사실 설명'의 가장 중요한 덕목은 바로 '정확성'이다. 멋진 형식과 맵시 있는 마무리 단락이란 사전적 설명에 충실하게 글을 쓰는 사람에게는 자신도 모르는 사이에 저절로 따라오는 의무일 뿐이다.

형식도 중요하다면 중요하니, 「밤하늘은 왜 어두운가?: 올베르스의 역설」처럼 '수미상관식' 글쓰기만큼은 권하고 싶다. 이 글은 네 단락으로 이루어져 있는데, 글쓰기 초심자들에게는 도입 단락과 마무리 단락, 이렇게 단 두 개의 단락으로 이루어진 글을 써보기를 권한다. 이 글을 그렇게 두 단락으로 써보면 아래와 같다.

"밤하늘은 왜 어두운가?" 우주가 무한하고 별들이 고르게 분포되어 있다면, 우리 눈앞에 펼쳐진 2차원의 밤하늘은 별들로 가득 메워져 밤에도 환해야 한다. 왜냐하면 우리 시선이 결국은 어떤 별엔가 닿을 것이기 때문이다. 그러나 현실은 그렇지 않다. 밤하늘은 여전히 캄캄하다!

도대체 왜 그럴까? 우선 밤하늘이 어두운 이유는 빛의 속도가 유한하고, 대부분의 별이나 은하의 빛이 아직 지구에 도달하지 않았기 때문이다. 그것은 또 우주가 태어난 지 충분히 오래지 않았기 때문이기도 하다. 더욱이 우주가 지금 이 시간에도 계속 엄청난 속도로 팽창하고 있으므로 지금 도달하지 못한 빛들은 영원히 도달하지 못할 것이고, 밤하늘이 점차 밝아지는 일도 일어나지 않을 것이다.

충분히 좋은 글이고, 두 번째 단락은 충분히 훌륭한 마무리 단락이다. 질문을 던지는 단락과 그 질문에 답하는 단락, 이 두 단락 외의 단락은 일종의 수사修辭다. 독자들의 궁금증을 풀어주는 데 꼭 필요한 단락을 쓸 수 있는 수준에 어느 정도 도달하면, 글을 멋지게 쓰고 싶어진다. 구사하는 어휘도 근사하고, 지적인 상상력도 풍부하며, 단락들 사이의 관계도 한층 유기적인 글을 쓰고 싶어지는 것이다.

독자들이 공감하게 하라

상냥한 말로 상대를 정복할 수 없는 사람은
가혹한 말로도 정복할 수 없다.

— 안톤 체호프(러시아의 작가)

겉으로 보기에는 분명한 주장인데, 그 주장에서 글쓴이가
설득하려고 안달하는 모습이 전혀 보이지 않는 마무리 단락이
있다. 이런 단락으로 마무리하는 글은 대체로 글 전체가 그런
성격을 띤다. 글쓴이가 자신의 주장을 뒷받침하는 근거를 충실
하게 대면서 기어코 자신이 주장하는 바에 독자들이 설득당하

기를 희망한다는 것은 어찌 보면 부질없는 일이다. 과학 논문이 아니라면(어쩌면 과학 논문도 포함해서), 대부분의 주장은 글쓴이가 자신의 주장을 강화하기에 적합한 근거들만을 들이민다. 그런 면에서 설득을 의도하지 않는 주장이 도리어 가장 설득적이다.

걷는 사람은 겸허하다. 그는 자신을 지배하는, 그리고 삼켜버릴 수 있는 자연의 가운데에서 스스로가 작다는 것을 느낀다. 파스칼이 썼듯이, "그를 밟아 뭉개기 위해 우주 전체가 무장할 필요는 없다. 약간의 증기, 물 한 방울이면 그를 죽이기에 충분하다."(『팡세』) 그렇기는 하지만, 사람을 겸허하게 만드는 것은 사고나 재난의 위협보다는 흙에 접하는 느낌이다. 흙으로 된 오솔길 위를 지나고 자신이 밟는 흙의 성질을 갖고 있다는 점에서, 걷는 사람은 흙의 사람이라고 할 수 있다. 그는 자신이 본질적으로 다르고 우월하다고 느끼는 것이 아니라, 반대로 자신이 나들이 도중에 밟는 진흙으로 빚어진 존재라는 것을 알고 있다. 겸허는 라틴어로 '흙'이라는 뜻의 후무스humus에서 유래한다.

플라톤의 『향연』에서 아리스토파네스는 인간이 본디 네 개의 팔, 네 개의 다리, 두 개의 머리로 이루어져 있었다고 이야기한다. 그들은 지나친 교만을 보이며 신들과 겨루려 했기 때문에 제우스에 의해 반으로 쪼개졌다. 둘로 갈린 인간은 오늘날 알려진 모습이 되었고, 평생 동안 자신의 다른 반쪽을 갈망하며 찾아다니게 되었다. 이렇게 잘리고 나자 인간은 이동 방식을 바꿔야 했다. 전에는 빠른 속도로 구르면서 돌아다녔지만, 지금은 걸으며 천천히 전진한다. 걷기는, 우리가 태생적으로 갖는 겸허함의 의무를 상기시켜주는 상징이다.

걷는 사람은, 시공간을 가로질러 전속력으로 질주하는 자를 사로잡는 황홀감으로부터 자유롭다. 사람은 차 안에서 흔히 자신을 에워싼 금속 장갑과 하나가 되어 자신이 보편 법칙을 뛰어넘는 존재라고 믿는 잘못을 범한다. 일상적인 상황으로부터 자신을 떼어놓는 속도감을 즐기며, 그가 탄 질주하는 차체의 힘이 야기하는 흥분과 현기증에 완전히 빠진 채 자신을 잊어버릴 수 있기 때문이다. 이때 그가 잊어버릴 수 있는 것은 그의 몸, 다시 말해 자신의 유한하고 제한된 본질을 냉혹하게 깨닫게 해주는 육체다. 몸은 어느 정도 가능성을 지니기도 하지만 그와 동시에 인간의 한계를 표현하기도 한다. 인간은 달릴 수 있지만, 그것은 일정 속도 이하로, 너무 오래지 않은 시간 동안만 가능하다. 그는 피로해지고, 몸이 무거워지고, 숨이 차게 된다. 차 안에서는 이런 불편이 모두 사라지고 모든 한계가 무너지며, 몸은 인간이라는 유기체와는 비교도 되지 않을 정도로 강력한 기계의 힘에 의해 움직여진다.

걷는 사람은 자신의 몸을 잊을 틈이 없다. 그는 끊임없이 몸의 존재감을 경험하며 그 허약함을 알고 있다. 그는 자신의 몸무게와 나이와 건강 상태를 직접 느낀다. 자신을 끊임없이 변화하는 존재로 만드는 시간의 흐름이나 자연 법칙으로부터 홀로 도망쳐 나올 수 없다는 것을 그는 안다. 허상도 기만도 없이, 걷는 사람은 자신의 숨소리와 때로는 쿵쾅거리는 심장 소리를 듣는다. 바로 여기에, 질식할 것 같은 몸을 통해 마지막 숨과 심장의 정지를 미리 이해하게 해주는, 인간의 무력함이 있다. 그의 여정 속에서, 걷는 사람은 자신이 매 걸음마다 일으키는 가벼운 먼지와 동류의식을 느낀다. 자신이 그와 같다는 것을 알기 때문이다.

크리스토프 라무르가 쓴 「겸허」다. 논리적으로만 보면, 이 글의 마무리 단락에는, 아니 글 전체에는, 근거가 없거나 박약한 주장이 수두룩하다. 이쯤 되면 주장이라기보다는 억지에 가깝다고도 볼 수 있다. 하지만 고등학교 철학 교사인 라무르가 억지를 늘어놓는 글을 썼을 리는 없다. 독자들 중 상당수는 이 억지스러운 라무르의 생각(주장이라고 하기엔 정말 보잘것없어서)에 동의할 수 있다. 어떻게? 걸어보면 동의하게 된다. '걷기'가 바로 탄탄한 '근거'인 것이다. 그런 의미에서 이 글은 논리학의 구속에서 확실하게 벗어나 버린다. 즉, 주장의 목적인 '설득'에 무관심하게 된다.

상당수의 독자들은 이 글 내용 중 특히 마무리 단락에서 뭔지 잘 알 수 없는 근거에 의해 라무르의 주장에 공감한다. '걷기'가 우리에게 '겸손'을 일깨워준다는 라무르의 주장에 설득당하는 것이다. 무념무상의 경지에서 무작정 걸어보라! 우리는 걷는다는 행위를 통해서 우리 몸의 존재감을 경험하면서 한없이 겸손해진다. 자동차로 10분이면 갈 수 있는 길을 몇 시간이고 걸으며, 우리는 온몸으로 깨닫는다. 인간은 허약하고, 매 걸음마다 일으키는 먼지와 동류의식을 느낄 정도로 무력하다는 진리를.

「겸허」는 '설득'에 목마른 연설가들의 논리정연한 외침과는 다르다. 굳이 설득을 의도하지 않는 어느 걸어다니는 인간, 라무르의 이 잔잔한 글은 의외로 강한 설득력이 있다.

「겸허」 같은 철학적 에세이에서만 그러한 설득력을 느낄 수 있을까? 앞에서 '사실 설명'만으로 마무리 단락을 쓴다고 했는데, 분명히 '설명'은 근거를 내세워 주장을 하는 논증과 다르다. 객관적 사실을, 그 사실을 모르고 있지만 알고 싶어 하는 타인에게 전달해주는 글쓰기가 바로 설명이 아닌가? 따라서 설명에는 근거도 없고, 주장도 없고, 당연히 '설득'하려는 의도도 없다. 과연 그럴까? 설명은 '설득'과 무관할까? 18세기 후반 노예 무역선에서 일했던 영국인 의사 알렉산더 팔콘브리지의 증언을 들어보자.

니그로들은 배로 옮겨지자마자 즉시 둘씩 손목이 채워지고 발목은 쇠사슬로 묶인다.……빈틈없이 빽빽하게 실리기 때문에 모로 누울 수밖에 없다.……(갑판마다) 큰 통이 서너 개씩 놓여 있다. 바닥 지름은 2피트 정도고 맨 위쪽은 1피트밖에 안 되고 깊이는 약 28인치다. 니그로들은 여기다 용변을 해결한다.……이 통에서 먼 쪽에 있는 사람이 이곳으로 오려면 쇠고랑을 끌고 다른 사람을 타넘고 와야 하는데……그 통까지 갈 수 없거나 가지 못하면, 아예 가는 것을 포기하고 만다. 언제까지나 배설을 참을 수는 없는 법이니 그냥 누운 채로 해결해버리기도 한다.……

그들은 유럽 사람들보다 훨씬 더 심하게 뱃멀미를 한다. 뱃멀미 때문에 죽는 일도 자주 일어난다. 특히 여자들이 그렇다.…… 갇혀 있는 공기는 그들의 몸에서 나는 악취와 뒤섞여 계속해서 사람들의 호흡기로 들락거린다. 더러운 공기와 악취 때문에 곧 열병과 이질이 발생하고, 그러면 그들 중 많은 수가 목숨을 잃게 된다.……갑판은 이질 때문에 생긴 피와 오물로 덮여 마치 도살장 같았다.……

병든 니그로들은 중간 갑판 아래에 모아 둔다. 그들은 여기서 거친 마룻바닥에 누워 있게 된다. 뼈만 앙상하게 남은 그들은 배가 흔들릴 때마다 이리저리 쓸려 어깨나 무릎, 팔꿈치, 엉덩이 같이 튀어나온 부분에서부터 시작하여 온몸의 살갗이 벗겨지고 나중에는 뼈가 드러나기까지 한다.……

적지 않은 노예들이 열병에 걸린 채 도착한다. 팔려고 육지에 내놓기 전에, 선장은 그 배의 의사에게 노예들의 항문을 뱃밥으로 틀어막아 버리라고 지시한다. 그렇게 조치가 취해진 채 상륙한 노예들은 거래 장소로 끌려간다. 잠시도 서 있을 수 없기 때문에 그들을 앉힌다. 매수자들은 노예들을 검사하면서 배설물 흔적이 보이지 않으면 다 회복된 것으로 간주한다. 그렇게 눈가림을 한 채 즉석에서 거래가 이뤄지고 노예들은 팔린다.

이 글이 무엇인가 중대한 것을 주장하고 있다는 사실을 마무리 단락을 읽는 순간 알게 될 것이다. 그 주장에 독자들은 꼼짝없이 설득당할 수밖에 없다는 사실을. 같은 사안을 두고 당시 노예제 폐지를 주장했던 영국의 정치가 윌리엄 윌버포스 의원의 의회 연설도 읽어보자. 그의 일생에서 가장 위대한 연설로 평가받았다.

여러분, 정책은 저의 원칙이 아닙니다. 조금도 주저함 없이 이 말씀을 드립니다. 원칙은 정치적인 것 위에 있습니다. "살인하지 말라"는 계명을 묵상할 때, 저는 권위가 하나님께 속한 것이라고 믿습니다. 그러면서 어떻게 감히 저 자신, 이 계명에 반대하는 논리를 세울 수 있겠습니까? 그리고 여러분, 우리가 영원에 대하여, 그리고 모든 인간 행동이 가져올 미래의 결과에 대하여 생각할 때, 어떤 사람에게 자신의 양심과 정의의 원칙과 종교의 법칙인 하나님의 법칙을 거부하게 해야 한다면 이런 인생이 무슨 의미가 있겠습니까?

여러분, 이 무역의 본질과 일체의 정황들이 지금 우리 앞에 드러났습니다. 우리는 더이상 몰랐다고 핑계 댈 수 없습니다. 우리는 이것을 회피할 수 없습니다. 바로 지금 우리 앞에 하나의 실체로서 놓여 있기 때문입니다. 우리는 이것을 지나칠 수도 없습니다. 우리가 이에 대해 퇴짜를 놓고 차버릴 수 있을지는 몰라도 이것을 보지 않으려고 등을 돌릴 수는 없습니다. 바로 지금 우리 눈앞에 놓여 있기 때문입니다. 본 의회는 결정을 해야 하고 만천하에, 그리고 만인의 양심에, 그 결정의 근거와 원칙들이 옳다고 증언해야 합니다.……의회가 국가적 정의에 대하여 유일하게 무신경한 기관이 되지 않도록 해야 합니다.

팔콘브리지의 증언과 윌버포스의 주장 중, 어느 쪽이 더 강한 설득력이 있는가? 대부분의 독자들은 이미 정답을 알고 있을 것이다. 사실 그 자체, 즉 팩트만큼 강력한 설득의 수단은 없다. 설명은 아무것도 주장하지 않지만, 누구를 설득하려는 의도도 없지만, 그 어떤 논증보다 강력하게 주장하고 설득한다. 노예 무역선에서 어떤 일이 벌어졌는지에 대한 팔콘브리지의 증언도 그런 설득력을 가지기에 충분하지 않은가?

글 전체를 한 단락으로 마무리하는 만큼, 마무리 단락은 갑

작스럽게 등장하지 않는다. 도입 단락을 포함한 이전 단락들에서 끊임없이 마무리 단락은 준비된다. 따라서 '설득을 의도하지 않는 주장'으로 마무리 단락을 쓰려면, 그 어느 단락에서도 뭔가를 주장해야 한다는 부담감을 떨쳐버리고 자유로운 사색이 통찰에 이를 수 있도록 펜 끝의 힘을 빼야 한다.

펜 끝의 힘을 뺀다니, 말이야 쉽다. 나는 글을 쓴 후에 곧바로 지인들에게 독후감 듣는 것을 좋아하는데, '비분강개투'니 '지사적志士的'이니 하는 흠이 잡히기 일쑤다. 어쩌면 그런 흠이 잡히기 좋은 테마의 글을 쓰려는 편향성을 가지고 있어, 크리스토프 라무르처럼 '걷기' 같은 일상의 일에는 무관심한지도 모른다.

펜 끝의 힘을 빼기 위해서는 '걷기'만큼이나 일상적 테마로 글을 쓰는 것이 좋을 듯하다. 지금 내 눈에 당장 보이는 것들로 말할 것 같으면, '구멍 난 양말', '마우스', '식은 커피', '달력', '목침', '폐지', '양초', '모기향', '방향제', '독서대', '돋보기', '면도기', '책 싸는 비닐', '휘어진 책장 받침대', '벽시계', '행운목' 등이다. 그것을 통해서 내가 뭔가를 주장할 수 있는 대상이 아니라, 그것 자체가 내게 이야기보따리를 풀어주고, 나는 그 이야기를 필사하기만 하면 되는 그런 대상 말이다.

아무나 라무르의 「겸허」 같은 글에 도전할 수 있는 것은 아니다. 준비가 필요하다. 쓰지 못할 때는 읽는다! 책을 읽다가

「겸허」 같이 '설득을 의도하지 않는' 멋진 글이 나오거든, 밑줄을 치고, 글을 써라. 즉, 자기만의 글쓰기 콘텐츠를 가져라. 글쓰기란 어쩌면 내가 밑줄 그었던 문장들을 읽다가, 그 누군가가 밑줄을 그어줄 만한 문장을 쓰는 일이다. 그날을 위해 준비하는 것이다. '근거를 대지 마라. 독자들이 스스로 근거를 생각하게 하라.' 그리하여 '설득하려 하지 마라. 독자들이 공감하게 하라.'

주장의 근거를 제시하라

진리를 정열의 온도로 가늠하지 마라.

— 니체(독일의 철학자)

전형적인 논증문의 마무리 단락은 근거를 제대로 확보한 주장이어야 한다. 중요한 것은 마무리 단락에서 이루어지는 주장이 아니라 이전 단락들에서 확보된 근거다. 근거가 제대로 확보되면, 주장은 저절로 설득력을 갖게 된다. 글쓴이에게 가장 위협적인 질문은 '그렇게 쓴 근거가 무엇인가?'다. 굳이 설득을 의도하지 않는 주장을 하지 않는 이상, 논증문을 쓰는 이는 이 질문을 감당할 수 있어야 한다.

(가) 2011년 15일 『신은 위대하지 않다』의 저자 크리스토퍼 히친스Christopher Hitchins가 식도암으로 62세의 짧은 생을 마쳤다. 그의 책은 1년 먼저 나온 리처드 도킨스의 『만들어진 신』에 가려 그리 큰 조명을 받지는 못했지만, 내용을 들여다보면 사실 도킨스의 책보다 훨씬 더 공격적이다. '종교가 어떻게 모든 걸 독살하는가'라는 부제가 암시하듯이 그는 이 세상 거의 모든 죄악에 종교가 결부되어 있다고 비난했다. 그는 또한 종교적 미덕의 표상인 테레사 수녀에 대해서도 "그는 가난한 사람들의 친구가 아니라 그저 가난 그 자체의 친구였을 뿐"이라고 폄훼했다.

(나) 우리 인류 집단은 거의 예외 없이 모두 나름의 종교를 갖고 있지만, 인간을 제외한 다른 어떤 동물에서도 종교라고 부를 수 있는 행동은 관찰되지 않는다. 다만 여왕 거미가 뿜어내는 강력한 페로몬의 영향으로 스스로 번식을 자제하며 평생 여왕을 위해 헌신하는 일개미들의 행동을 보며 사이비 종교 집단을 떠올리는 일은 그리 어렵지 않다. 비슷한 행동 유형이 벌, 흰개미, 그리고 벌거숭이두더지에서도 나타난다. 흥미로운 사실은 이들이 모두 우리처럼 사회를 구성하고 사는 동물이라는 점이다.

(다) 종교는 사회적 현상이다. 이 세상 어느 종교든 그 궁극에

194

는 결국 나와 신의 만남인 기도가 있지만, 홀로 사는 동물에게 종교가 진화할 가능성은 거의 없어 보인다. 우리는 종종 홀로 감당하기 어려운 위험에 처했을 때 신에게 매달리곤 하지만, 그것은 아마 종교에 어느 정도 길들여져 있었기 때문에 나타나는 행동일 것이다. 생사의 갈림길에 섰던 최초의 인류가 과연 종교에 귀의할 마음의 여유를 가질 수 있었을까?

(라) 연말이 되면 어김없이 등장하는 구세군 냄비, 노숙자들에게 따뜻한 밥을 제공하는 '밥퍼'와 같은 종교 단체, 그리고 〈울지마 톤즈〉의 이태석 신부님만 보더라도 종교는 분명히 우리 사회에서 훌륭한 일익을 담당하고 있다. 만일 도덕성이 인간 본성의 일부라면 종교야말로 가장 인간적인 행동의 표현일 수밖에 없다. "신을 설명할 수 있다면 나는 그런 신에게는 기도하지 않겠다"던 어느 신학자의 말에도 불구하고, 나는 인간의 종교 행동은 반드시 설명되어야 한다고 생각한다.

생물학자 최재천의 「종교의 미래」다. 이 글의 도입 단락 (가)는 크리스토퍼 히친스의 『신은 위대하지 않다』에 대한 이야기다. 이 세상의 모든 죄악이 종교와 결부되어 있다는 히친스의 주장을 내용으로 하고 있다. 이 책이 얼마나 공격적이었는지 잘 드러내면서 종교 무익론 비슷하게 시작하고 있다.

(나)는 개미 집단 등 동물 집단과 달리 인류 집단만이 종교

를 갖고 있음을 설명한다. 이는 분명 팩트다. '종교'가 인류 고유의 사회 현상임을 분명히 하고 있는 셈이다. (다)는 홀로 사는 동물에게는 종교가 진화할 수 없다고 전제하고, (나)에서와 마찬가지로 종교가 사회적 현상임을 분명히 한다. (다)는 (나)의 부연 설명에 불과할 뿐 새로운 팩트는 아니다.

마무리 단락 (라)에서 글쓴이는 세속적인 의미의 '설명'이 허락될 수 없는 '신'의 존재를 인정하지 않는다는 점에서 맹목적 신앙심을 인정하지 않고 있다. 하지만 종교가 우리 사회에서 훌륭한 일익을 담당하고 있고, 종교가 가장 인간적인 행동의 표현이며, 인간의 종교적 행동은 반드시 설명되어야 한다고 주장한다.

글쓴이의 주장은 "인간의 종교 행동은 반드시 설명되어야 한다"인 셈인데, (가)·(나)·(다)는 그 주장의 근거가 될 수 없어 보인다. 「종교의 미래」는 마무리 단락 (라)에만 주장의 근거, 즉 "종교가 우리 사회에서 훌륭한 일익을 담당하고 있고, 종교가 가장 인간적인 행동의 표현이다"가 간단하게 제시되어 있다. (가)·(나)·(다)가 왜 필요했는지 의아할 정도다. 따라서 「종교의 미래」는 근거를 들어 주장하는 글로 좋은 점수를 받을 수 없을 것 같다.

(가) 독일고전학회가 '고등학교에서 어떤 자연과학을 얼마나

가르쳐야 할까'라는 질문에 대한 대답을 제시한 일이 있었다. 이 주제를 논하려면 우선 고등학교가 어떤 자연과학을 제공하는지 살펴보아야 한다. 가장 편한 방법은 우리 학생들의 교과서를 펼쳐 보는 것이다.

(나) 어떤 물리학 교과서는 마찰이 없는 운동을 수학적으로 파악하는 방법을 설명한 다음에 조화진동을 정의하는데, 예는 하나도 들지 않는다. 어떤 화학 교과서는 반응식의 개념을 소개하는데, 반응의 예는 들지 않는다. 유기화학 부분은 처음부터 어떤 유형의 탄화수소가 알칸(메탄계 탄화수소)인지 알려준다(지방이나 비누 같은 일상적인 단어들은 한참 있다가 나온다). 또 어떤 생물학 교과서는 광학현미경으로 볼 수 있으며 유리막대로 특정 행동을 하도록 유도할 수 있는 유기체들에 대한 이야기를 앞세운다.

(다) 고등학교에는 어떤 자연과학이 필요할까? 위에 언급한 것들은 절대로 아니다. 오히려 정반대가 필요하다. 마찰 없는 운동을 공식 속에 가둬넣는 대신에 먼저 관찰해야 마땅하다. 이를테면 밤하늘의 행성들의 운동을 관찰해야 한다. 화학반응을 추상적으로 명료화하는 대신에, 먼저 구체적인 반응에 익숙해져야 한다. 예컨대 콜라가 담긴 컵에 레몬즙을 떨어뜨려 액체에서 거품이 솟아오르는 것을 보아야 한다. 또한 보이지 않는 생명을 과학적으로 탐색하는 대신에 확실히 눈에 띄는 일상의 동물들을 대상으로 삼아 예컨대 개와 고양이가 서로에게 어떻게 굴고 어떻게 싸움이 일

어나는지 물어야 마땅하다.

(라) 우리들 모두의 마음속에 잠재한 앎의 욕구는 감각적으로 접근할 수 있는 현상들을 만끽할 때 발현하기 시작한다. 학생들은 미적인 호기심을 가지고 학교에 갔다가 개념적인 지루함에 지쳐 집에 돌아온다.

(마) 고등학교에는 어떤 자연과학이 필요할까? 단박에 예리하게 정의되고 테두리가 쳐지는 그런 과학은 아니다. 오히려 열려 있는 과학, 경이롭다는 느낌을 자아내는 과학이 필요하다. 지언은 수수께끼들로 가득 차 있다. 과학은 우리에게서 수수께끼를 앗아가는 것이 아니라 우리를 수수께끼로 인도해야 마땅하다.

에른스트 페터 피셔의 「고등학교에서는 어떤 자연과학을 가르쳐야 할까?」의 일부다. 이 글의 도입 단락 (가)는 '고등학교에서 어떤 자연과학을 얼마나 가르쳐야 할까'라는 질문을 던진다. 이는 제목 '고등학교에서는 어떤 자연과학을 가르쳐야 할까?'와 거의 동일하다. 마무리 단락에서 이 질문에 대한 답을 기대할 수 있을 것이다.

(나)는 예시 없이 도식적인 정의만 있는 점, 예시 없이 반응식만 소개하는 점, 우리 육안으로 볼 수 없는 유기체들을 다루고 있는 점을 들어 고등학교 자연과학 교과서의 문제점을 지적한다. 과연 이 지적이 마무리 단락의 주장에 기여할 수 있을까?

(다)에서는 도입 단락에서 제기된 질문과 거의 동일한 질문, 즉 '고등학교에는 어떤 자연과학이 필요할까?'가 다시 제기된다. 그리고 그에 대한 답도 제시된다. 구체적으로 관찰하는 교육, 구체적인 반응에 익숙해지는 교육, 광학현미경이 아니라 우리 눈에 띄는 동물들에 대한 교육이 이루어져야 한다고 글쓴이는 단호하게 말한다. 즉, (나)의 '부정' 단락인 (다)는 일단 도입 단락에서 제기된 물음에 답하고 있는 셈이다.

(라)에서는 난데없이 앎의 욕구가 언제 발현되는지에 대해 짧게 이야기하고, 마무리 단락 (마)에서는 다시 '고등학교에는 어떤 자연과학이 필요할까?'라는 질문을 던진 후에 '열려 있는 과학, 경이롭다는 느낌을 자아내는 과학이 필요하다'는 근본적인 답이 제시된다. 이러한 의미심장한 명제로 단락은 마무리된다. '과학은 우리에게서 수수께끼를 앗아가는 것이 아니라 우리를 수수께끼로 인도해야 마땅하다.'

이 분석을 통해 볼 때, 이 글은 (가)에서 (라)까지의 모든 단락이 결합해 마무리 단락 (마)의 주장의 근거를 제시해주고 있는 셈이다. 즉, 이 글은 짧지만 매우 유기적인 구조를 가졌으며, 마무리 단락 (마)는 근거를 제대로 확보한 주장이 된다.

이렇게 보았을 때 이전 단락들이 마무리 단락의 주장에 그저 들러리만 서는 「종교의 미래」보다는 이전 단락들이 유기적으로 마무리 단락의 주장에 기여하는 「고등학교에서는 어떤 자연과학을 가르쳐야 할까?」가 더 짜임새 있는 논증이라고 볼 수 있다.

우리는 한 단락 분량의 짧은 주장부터 연습해야 한다. 「고등학교에서는 어떤 자연과학을 가르쳐야 할까?」와 같이 유기적인 논증문을 작성하는 일은 결코 쉽지 않기 때문이다.

한국적 파시즘(전체주의)의 기본 구조는 유교적 가부장주의와 일제의 남성 우월주의적 국가주의의 결합인 만큼, 파시즘의 해체 작업에 있어서 우리 남성들의 집단의식이야말로 큰 문제가 된다. 따라서 현모양처는 가정 차원의 여자의 덕목이 아니라 국가적 차원의 악이다.

신도 중 70% 이상이 여성이 되어 이룩한 한국 기독교의 놀라운 양적 성장은 '비판적 사유'를 억누른 '단세포적 복음 이해'와 '교회 성장지향주의'의 결과이다. 이는 '순종과 희생과 봉사'라는 기독교적 덕목을 가부장제적으로 포장하여 교회와 사회에서 여성들의 '제2의 성'으로서의 존재를 강화하고 재생산하고 있다.

한국은 과연 인터넷 강국인가? 그렇다고 자신 있게 말할 수는 없는 것 같다. 건강, 교육, 행정, 시민참여 등과 같은 공공 서비스가 광대역 인터넷의 잠재력을 제대로 활용하지 못하고 있기 때문이다.

기술만으로는 사회를 바꿀 수 없다. 정부가 나서야 한다. 인터넷 활용이 사적이 아니라 공적으로 강해야 진정한 인터넷 강국이다.

이렇게 짧은 주장에 익숙해지면, 이 짧은 주장의 근거를 하나나 둘 더 첨가하면서 근거를 제대로 확보한 논증문을 쓸 수 있다. 즉, "A와 B를 근거로 C라고 주장한다"쯤이면 되는 것이다. 물론 논증문의 분량이 많을 경우는 더 많은 수의 근거를 댈 수 있을 테지만 말이다.

여러 개의 근거를 들고 주장하는 것만이 능사는 아니다. 주장의 근거, 그 근거의 근거, 이 정도가 드러나는 구성의 글이라면 짧은 논증문으로 손색이 없다. 다시 말하면 "A를 근거로 B라고 말할 수 있다. 그리고 B라고 말할 수 있음을 근거로 결국 C라고 주장할 수 있다"쯤이라도 훌륭한 논증문이 되는 데 부족함이 없다.

여기서 한 가지 짚고 넘어가고 싶은 점이 있다. 나는 「고등학교에서는 어떤 자연과학을 가르쳐야 할까?」가 제대로 근거를 확보한 주장이 이루어진 논증문이라고 했다. 하지만 좀 이상하지 않은가? 글쓴이인 에른스트 페터 피셔가 비판한 독일의 과학 교과서들의 편찬자들이 바보는 아닐 것이다. 그렇게 쉽게 비판받을 만큼 허술한 사람들이 교과서를 편찬했을 리 없다는 말이다.

공식화하고 명료화하며 눈에 띄지 않는 대상까지도 고려하는 일은 과학의 기본적 훈련이다. 즉, 교과서가 잘못되었다기보다는 그 교과서를 활용하는 교사들이 문제일 수도 있다는 말이다. 다만 교과서가 일정한 분량 이내로 기술될 수밖에 없기 때문에, 에른스트 페터 피셔의 불만을 샀을 뿐이다. 생각해보라. 교과서는 어디까지나 책이지 실험실은 아니지 않은가? 당연히 실험실을 만들어주어야 할 사람은 교과서 편찬자들이 아니라 과학 교사와 학교가 아닌가?

따라서 「고등학교에서는 어떤 자연과학을 가르쳐야 할까?」의 도입 단락 (가)에서 "가장 편한 방법은 우리 학생들의 교과서를 펼쳐보는 것이다"라는 문장이 문제가 된다. 피셔는 가장 편하기는 하지만 가장 본질적이지 않은 방법으로 '고등학교에서는 어떤 자연과학을 가르쳐야 할까?'라는 물음에 답하려 했던 것이다. 분명 오류인 셈이다.

글을 쓰는 사람에 따라서는 이러한 자기주장의 한계를 내용에 솔직하게 밝히기도 하지만, 그 한계를 독자들이 알고 있다는 것을 전제로 글을 쓰는 사람도 있다. 「고등학교에서는 어떤 자연과학을 가르쳐야 할까?」도 자신이 교과서를 펼쳐보고 논의를 전개하겠다는 점을 도입 단락 (가)에서 밝힌 편에 속한다. 우리는 논증문을 보면서, 자신의 논의가 갖는 한계를 분명히 밝히거나 알아볼 수 있을 정도로 노출하는 대목에 주목해야 한다. 세상의 어떤 주장도 한계가 없을 수는 없다.

　나는 논증문을 쓰면서 항상 크게 네 단락을 고집한다. 첫째 단락은 왜 이런 논의를 해야만 하는지, 그 배경을 설명한다. 둘째 단락은 마무리 단락에서 이루어지는 주장의 근거에 해당하는 내용을 제시한다. 셋째 단락에서는 나의 논의가 갖는 한계를 고백한다. 마무리 단락에서는 둘째 단락에서 제시된 근거와 내 논의의 한계를 최대한 아우를 수 있는 주장을 한다. 아래의 예를 보자. (다)가 나의 논의가 갖는 한계에 해당한다.

　　(가) 문화 발달 정도의 척도를 절대적으로 규정할 수 있다는 전제를 오늘날 대부분의 문명사회는 은연중에 용인하고 있지만 진실로 각양각색의 인류 문화 형태를 비교 · 평가할 수 있는 보편적 기준이 존재하는가에 대한 회의의 움직임은 그러한 전제를 견제해왔다.

　　(나) 실제로 19세기까지 서양에서는 과학이 인류를 자연에의 종속으로부터 해방시킬 수 있다고 믿고, 이의 발달 정도에 문화적 선진의 절대적 기준으로서의 자격을 부여해왔다. 하지만 이러한 관점은 그들이 정치 · 경제 · 문화적으로 세계 질서를 서양 중심으로 재편해온 과정에서의 편견적 산물에 불과한 것이었기에, 그러한 편견의 벽을 넘어 20세기 문화 인류학의 등장과 더불어 행해진 세계 여러 문화에 대한 실증적 연구는 그 대척對蹠의 관점을 도출

하기에 이른다. 이른바 '문화 상대주의'가 바로 그러한 관점이다. 문화 상대주의자들은 다종다양한 인류 문화는 나름대로의 합리성과 우월성을 간직하고 있기 때문에 절대적 기준으로 그들을 평가해 우열을 가늠하는 데에는 상당한 무리가 따른다고 본다.

(다) 그러나 서양인들의 편협한 절대주의에 대한 대항으로 대두된 문화 상대주의가 요즘 들어 '문화적 상대성에 대한 과신過信' 때문에, 인도의 순장 유습의 묵인, '보편인권선언'에 대한 거부 움직임 등의 폐해를 노정露呈하고 있다. 서양 문화 우월주의를 극복하고 각 지역의 문화유산과 전통적 가치를 인정하는 문화 상대주의의 근본 취지에 어긋나는 일이 아닐 수 없다.

(라) 궁극적으로 그 문화 구성원들의 복락을 증진시키는 데 기여할 수 있는 문화에 선진성을 부여해야 하는 것이 문화 평가의 의의이다. 따라서 각 문화 형태에 대해 진지한 가치를 부여할 수 있는 성숙한 평가 분위기 속에서 도출된 '인류 보편의 도덕률' 같은 절대적 기준은 탄력성 있게 수용하는 문화 상대주의의 입장을 우리는 견지해야 할 것이다. 이렇듯 한층 성숙된 관점으로써만이 세계 도처에서 행해지고 있는 진실로 야만적이고 부도덕한 문화적 행태들에 대해 편견 없이 단죄할 수 있을 것이다.

이런 훈련을 제법 오랜 세월 동안 해왔지만, 내 글에서는 독단적인 근거에 입각한 아전인수 격의 주장이 여전히 많이 보인다. 내 논의의 한계를 분명히 언급하면서 글을 쓰는 일은 그만 큼 어려운 것이다. 이 글에서도 혹시 그런 아전인수 격의 주장 이 많이 보이는지 따져보기 바란다.

자신의 인생을 돌아보라

인생은 짧은 이야기와 같다.
중요한 것은 그 길이가 아니라 값어치다.

— 세네카 (로마의 철학자)

"나는 더이상 예전의 내가 아니다." 체 게바라는 라틴아메리카 대륙 여행기라 할 수 있는 『모터사이클 다이어리』를 정리하며 이 같이 선언했다. 이 선언은 그의 삶을 송두리째 바꾸어놓았다. 그는 안정된 수입과 뭇사람들의 부러움을 받을 수 있는 의사 자격증을 내던지고 험난한 혁명가의 길을 갔다. 체 게바라가 무엇을 이루어냈고, 그 이루어낸 것이 얼마나 성공적이었는지에 대한 평가는 역사가나 사상가의 몫이다. 우리가 분명히 인정해야 할 점은 그가 "나는 더이상 예전의 내가 아니다" 하는 젊은 날의 선언에 책임을 지는 삶을 생의 최후까지 살았다는 사실이다. 체 게바라뿐 아니라 우리에게도 "내가 더이상 예전의 내가 아닌" 어느 날(시절)이 있다. 생의 최후까지 책임을 져야 하는 어느 치명적 날(시절)이 있다.

총 31장으로 이루어진 『찰리 채플린 나의 자서전』에서 가장 인상적인 대목은 제1장 「엇갈린 운명의 무대」에서 '다섯 살, 생애 첫 무대에 서다'라는 제목으로 쓰인 짧은 글이다. 찰리 채플린이 다섯 살 때부터 예능인 생활을 시작한 것은 아니지만, 그의 인생 전체를 드리우게 될 가장 운명적인 어느 날은 바로 다섯 살 때에 찾아왔다. 찰리 채플린은 그날이 어떤 날이었는지, 마지막 단락의 마지막 두 문장으로 회상했다. "그날 밤 그 무대는 내 인생의 첫 무대였지만, 어머니에게는 마지막 무대였다. 인생이 그렇게 한 순간에 뒤바뀐 것이다."

내가 다섯 살에 처음 무대에 섰던 것도 어머니의 목소리 때문이었다. 어머니는 밤에 극장으로 일을 나가면서 나를 셋방에 혼자 놔두기보다는 자주 극장에 데려갔다. 그때 어머니는 올더쇼트(런던 남서쪽 햄프셔주에 있던 육군 훈련기지 옮긴이)에 있던 남루하고 지저분한 병영 극장에 나가고 있었다. 관객이라야 거의 군인들뿐이었는데 난폭한 데다가 아무리 잘해도 조소와 야유를 퍼붓기 일쑤였다. 어머니는 이 극장 무대에 일주일간 나갔는데, 어머니뿐만 아니라 모든 연기자들이 내내 공포에 떨어야 했다.

어머니가 무대에 올라 노래를 부르는 동안 나는 무대 옆에 서서 지켜보고 있었다. 순간 어머니의 목소리가 갈라지더니 이내 잠겨 버렸다. 관객들이 웃기 시작했다. 그리고 이내 가성으로 갈라지고 잠긴 어머니의 목소리를 흉내내면서 야유를 퍼붓기 시작했다. 처음에는 뭐가 어떻게 진행되는지 전혀 알아차릴 수 없었다. 그러나 점점 야유 소리가 높아갔고 어머니는 무대를 내려올 수밖에 없었다. 무대 뒤로 돌아온 어머니는 당황한 듯 무대 감독과 무언가 이야기를 나눴다. 내가 전에 어머니의 친구들 앞에서 노래 부르는 것을 본 적이 있던 무대 감독은 내게 다가와 어머니 대신 무대에 나가 노래를 부르라고 말했다.

어수선한 와중에 무대 감독은 내 손을 이끌고 무대로 나가 관객들에게 몇 마디 설명을 한 다음 무대를 내려갔다. 나는 뜨거운 조명을 받으며 담배 연기 자욱한 객석의 관객들을 바라보면서 얼떨결에 노래를 부르기 시작했다. 오케스트라 반주가 뒤따르더니 이내 내 음조에 맞춰 연주를 해주었다. 내가 그날 부른 노래는 당시 잘 알려져 있던 〈잭 존스〉라는 곡이었다.……

노래를 절반이나 불렀을까, 갑자기 동전이 무대 위로 빗발치듯 날아들었다. 순간 나는 노래를 멈추고 돈을 먼저 주운 다음에 다시 노래하겠다고 말했다. 이런 내 말이 재밌었는지 관객들이 한바탕 난리법석을 떨며 크게 웃어댔다. 무대 감독이 손수건을 들고 나와 돈을 줍는 것을 도와주었다. 나는 그가 돈을 혼자 슬쩍하지 않을까 걱정스런 눈초리로 쳐다봤다. 그리고 내 걱정스런 눈초리가 관객들에게 그대로 전달되었는지 웃음소리는 더욱 커졌다. 무대 감독이 돈을 들고 무대를 내려가자 나는 불안한 마음에 그를 따라갔다. 또 한 번 장내는 웃음바다가 되고 말았다. 무대 감독이 그것을 어머니에게 건네는 것을 확인한 뒤에 안심하고 무대로 돌아와 계속 노래를 불렀다. 나는 전혀 흥분하지 않았다. 나는 관객들에게 말을 걸었고, 춤을 췄으며, 어머니 목소리 흉내도 냈다. 그중에 어머니가 부르던 행진곡 풍의 아일랜드 노래를 부르며 목이 잠긴 어머니를 흉내내기도 했다.……

특히 이 노래의 후렴구를 반복하면서 나는 얼떨결에 어머니의 갈라지고 잠기는 목소리를 흉내낸 것이다. 이것을 들은 관객들은 다시 한 번 열광의 도가니에 빠지고 말았다. 관객들은 무대가 떠나갈 듯이 박수갈채를 보냈고, 또다시 동전이 무대 위로 빗발쳤다. 어머니가 나를 데리러 무대 위로 올라오자 관객들은 어머니에게 우레와 같은 박수를 보냈다. 그날 밤 그 무대는 내 인생의 첫 무대였지만 어머니에게는 마지막 무대였다. 인생이 그렇게 한 순간에 뒤바뀐 것이다.

삶을 송두리째 바꿔버릴 수 있었던 터닝 포인트가 되는 어느 날이 있고, 기나긴 세월이 지난 후에야 그날의 진정한 의미를 가르쳐주는 운명의 여신은 얼마나 야속한가! 그때, 그 의미를 분명히 알았다면, 그래서 그날을 중히 여겼다면, 적어도 인생의 승리자는 못 될지언정 이렇듯 쓸쓸히 지난날을 후회하며 살지는 않았을 텐데…….

글쓰기 세계에서는 그러한 터닝 포인트가 되었던 어느 날, 혹은 어느 시절을 회상하고 그날 그 시절의 의미를 되새겨보는 일에 성공도 실패도 없다. 회한만이 남은 그날, 그 시절, 그 만남, 그 헤어짐, 그 인연일지라도 활자화되는 순간 운명의 여신이 내리는 무서운 마법이 풀린 듯이 우리는 위로 받는다. 위로 받은 우리가 쓰는 글이 타인에게도 위로가 되어준다. 내 인생의 어느 날 어느 시절은 그렇게, 로버트 프로스트의 시처럼, 피천득의 수필처럼 아름다운 것이다.

"그날 밤 그 무대는 내 인생의 첫 무대였지만 어머니에게는 마지막 무대였다. 인생이 그렇게 한 순간에 뒤바뀐 것이다." 다섯 살짜리 꼬마 아이였던 찰리 채플린이 감히 상상할 수도 없었던 생각이 아닌가?

"그리워하는데도 한 번 만나고는 못 만나게 되기도 하고, 일생을 못 잊으면서도 아니 만나고 살기도 한다. 아사코와 나는 세 번 만났다. 세 번째는 아니 만났어야 좋았을 것이다."(「인연」)

수십 년 동안 세 번의 만남과 헤어짐, 그리고 또 다시 긴 세월이 흐른 뒤가 아니라면, 피천득이 어찌 그 아련 추억을 그리도 아름답게 회상할 수 있었겠는가?

"아, 나는 다음 날을 위하여 한 길을 남겨두었습니다. / 길은 길과 맞닿아 끝이 없으므로 / 내가 다시 돌아올 것을 의심하면서 // 훗날 훗날에 나는 어디선가 / 한숨을 쉬며 이야기할 것입니다. / 숲속에 두 갈래 길이 있었다고 / 나는 사람이 적게 간 길을 택하였다고 / 그리고 그것 때문에 모든 것이 달라졌다고."(「가지 않은 길」)

시인 프로스트는 훗날 그날의 선택 때문에 모든 것이 달라진 자신의 모습을 내다보았던 것일까? 아니다. 모든 것이 달라진 후에야, 속절없이 사라져 버린 다른 선택과 그 선택이 이끌었을 삶을 초연한 마음으로 동경할 수 있게 된 후에 이 시를 쓸 수 있었을 것이다. 전 세계 수많은 독자의 가슴을 쓸어내리며 위로해주는 이 위대한 시를…….

자기 자신의 인생을 정직하게 쓴다는 것은 결코 쉬운 일이 아니다. 용기와 겸손에서 우러나오는 무욕無慾의 인간이 되기란 어려운 것이다. 우선 자기 자신을 들여다보면, 위선자 혹은 이중인격자처럼 행동했던 나쁜 기억이 선량하게 사람들을 대했던 자랑스러운 기억보다는 훨씬 많이 떠오른다. 그래서 별 볼 일 없이 초라한 자신의 인생을 글쓰기 대상으로 생각할 수 없게 된다.

우리는 자신의 인생에서 도망쳐, 아주 흔히, 잘 알지도 못하는 철학자의 말을 인용하며 인간의 도리를 논하고 잘 알지도 못하는 곳을 잠깐 다녀와서 여행 전문가나 되는 것처럼 여행기를 쓴다. 잘 알지도 못하는 역사를 더듬어 오늘의 나아갈 길을 제시하고, 잘 알지도 못하는 세상사를 전능한 신처럼 굽어보며 비평하기를 일삼는다. 우리가 쓰는 글의 대부분은 그렇게 쓸데없이 거창하다.

『하버드인디펜던트』에서 선별한 미국 명문대 지원 에세이 모범사례집인 『미국 명문대 입학 에세이 모범답안 100선』을 꼼꼼히 읽은 적이 있었다. 까무러치게 놀라지 않을 수 없었다. 에세이들이 정직하게 자신만을 응시하고, 자신만을 사랑하고, 자신만을 위로하고, 자신만을 비평한 글이었다. 교수들도 읽기 힘든 난해한 지문을 제시하고 공허한 논리적 사고만을 테스트하며 이제 곧 대학 사회에 합류하게 될 입시생들에게 허풍쟁이 지식인이 되라고 강요하고 있는 우리나라 대입 논술 시험과는 크게 달랐다. 미국 학생들의 에세이를 읽으면서 우리나라 대입 논술 시험을 심히 우려하지 않을 수 없었다.

'내 인생의 어느 날(시절)의 의미'로 마무리 단락을 잘 쓰려면 어떤 훈련이 필요할까? 좋은 스승 한 권을 기꺼이 추천한다. 『미국 명문대 입학 에세이 모범답안 100선』을 읽어보라고. 미국 명문대 입학생들이 마무리 단락을 어떻게 쓰고 있는지 읽어보라고.

　불과 몇 년 전 어느 날에 대해서도 글로 써본 적 없이 대학입시에 시달리는 우리나라의 고등학생들이 불현듯 생각나 안타깝기 짝이 없다. 그들이 먼 훗날 어떻게 수십 년 전의 어느 날에 대해 기억하고, 또 그 기억을 글로 옮길 수 있을까? 그들 마음 한구석에도 분명히 피천득의 수필과 프로스트의 시를 이해할 수 있는 풍부한 감성이 숨어 있을 텐데……

　나도 입시지옥을 지나왔다. 당연히 '내 인생의 어느 날의 의미'로 마무리를 삼은 글을 써본 적이 거의 없다. 내 노트에서 가까스로 글을 찾아냈다. 단 한 편밖에는 찾을 수 없었다.

　　30대 초반, 서울 시내 S 대학교에서 강의를 하고 있을 때였다. 오후 7시부터 시작해 오후 9시에 끝나는 강의는 수강생이 90%는 직장인들이었다. 어느 날 수업이 끝난 후, 시간은 9시 30분에 가까웠는데, 40대 중반 정도로 보이는 한 수강생(수강생이라기보다는 아저씨가 더 어울렸다)이 매우 간절한 마음으로 야학 수업을 1시간만 해달라고 청해왔다.

자신도 그 야학 출신이었다느니, 지금 그곳에는 몇 명의 야학생들이 수업을 받고 있다느니, 강의는 대부분 자기처럼 그 야학 출신자들이 하고 있다느니, 교수님께서는 중학교 과정의 야학생들에게 그저 '배움'에 관해서 혹은 '배움의 가치'에 관해서 1시간만 수업을 해주시면 된다느니, 하며 이런저런 사항을 조목조목 설명을 해주었다. '배움'에 관해서라……. '배움의 가치'에 관해서라……. 그거야 내 전공 아닌가? 나는 흔쾌히 승낙했다.

약속한 날, 약속한 시간에 지하철을 타고 1호선 회기역에 내려 야학 건물을 찾았다. 금방이라도 쓰러질 듯한 3층짜리 낡은 건물 입구에서 내게 수업을 부탁한 그 수강생 아저씨가 나를 기다리고 있었다. 반가운 마음에 담배를 나눠 물고, 이런저런 한담을 나누었다. 내 머릿속엔 지하철을 타고 오는 내내 그려두었던 시나리오가 맴돌고 있었다. "여러분! 배움이란 말입니다, 어쩌구 저쩌구……."

수업 시간이 다 되어, 40대의 수강생이 나를 교실로 안내했다. 다소 쑥스러운 마음으로 강단 위에 올라서려는데 커다란 날벌레가 한 마리 날아왔다. 안경과 눈 사이에서 맴돌다 어디론가 날아가 버린 후에야 정신을 좀 차렸다. 손수건으로 안경을 닦고 있는 사이에 40대의 수강생이 교실에 앉아 있는 야학생들에게 나에 대한 소개를 막 끝마쳤다.

안경을 바로 쓰고 강단 위에 똑바로 서서, 나의 귀여운 중학교

214

과정 야학생들을 휙 둘러보았다. 아, 이럴 수가! 내 눈에 들어온 학생들은 귀여운 악동들이 아니었다. 앞자리 쪽에 앉은 학생들은 대부분 심한 신체장애우들이었고, 뒷자리 쪽에 앉은 학생들은 대부분 50을 넘은 아주머니, 아저씨들이었다.

학생들은 모두 힘거운 삶이 그렇게 만든, 퀭한 눈동자로 나를 처다보고 있었다. 멸시와 소외와 가난의 무게가 오랜 세월 짓누른 듯 어깨는 처져 있었고, 거친 손에는 볼펜이 들려져 있었다. 하지만 그들의 눈동자는 내 눈동자를 짓누를 듯 간절했다. 정말로 그들은 '배움'이 무엇인지, '배움의 가치'가 무엇인지 알고 싶어 했다. 간절한 마음으로 내게서 듣고 싶어 했다.

그 순간 나는 단 한마디 말도 못하고, 그저 멍하니 서서 그들을 바라보고만 있었다. 얼마나 한참을 그렇게 바라보았는지 나는 모른다. 그리고 그 교실을 조용히 빠져나왔다. 아무 말도 없이, 예의도 없이, 오직 도망쳤다. 건물을 빠져나온 나는 달음박질쳤다. 난 오직 어디론가 달아나야만 했다. 눈에선 자꾸만 눈물이 흘렀다. 비가 내리기 시작했다. 어두운 밤거리가 온통 젖어갔다. 오랫동안 아플 것 같았다.

이 글의 마무리 단락을 읽으니 알겠다. 지금도 여전히 아프고 있음을. 20년이 지난 지금 다시 그 교실에서 그 학생들 앞에 선다 해도, 나는 그들에게 '배움'과 '배움의 가치'에 대해서 강의할 수는 없을 것이다. 그래서 지금도 여전히 아프다. 어쩌면 지금부터 20년이 더 지난다 해도 여전히 아플 것 같다.

욕심을 부리지 마라

나는 완성에 대해서는 매력을 느끼지 못한다.
거기엔 꿈이 없기 때문이다.

— 천경자(한국의 화가)

　　마무리 단락 중에는 글을 마무리하는 방법으로 '마무리하지 않기'를 택하는 경우가 있다. 괴이한 이야기 같지만, 사실 한 편의 짧은 글이 뭐 대단한 걸 마무리할 수 있겠는가, 하고 생각하면, '마무리하지 않기'는 매우 적절한 방법이기도 하다. 어쩌면 글이란 마무리할 수 없는 내용만을 담는다. 그만큼 부족한 것이 글이다.

『데미안』을 읽었던 날은 지금도 기억에 생생하다.……『데미안』은 당시 내겐 '청춘의 성서'로 다가왔다. 그리고 나는 '데미안병'을 오랫동안 앓아야 했다.

헤르만 헤세의 『데미안』은 싱클레어라는 소년의 성장기다. 싱클레어의 성장은 단계별로 명확하게 나뉘어 있다. 싱클레어는 유복한 집에서 가족과 함께 살았다. 그에게 세계는 벽난로 앞에서 크리스마스 선물을 풀어보는 따뜻한 공간이다. 그러나 싱클레어의 행복은 동네 악동 크로머를 만나며 깨지기 시작한다.……크로머로 인해 싱클레어는 세상에 어두운 면이 존재한다는 걸 알게 된다.

그때 다른 지역에서 전학 온 데미안이 나타나 크로머에게서 싱클레어를 구해준다. 카인과 아벨, 즉 선과 악에 대한 기본적인 인식을 심어준다. 데미안이 떠나고 도시 학교에 진학한 싱클레어는 외로움에 시달리며 다시 타락의 세계에 들어선다.

공허 속에 살아가던 싱클레어는 새로운 숭배의 대상을 찾아 헤맨다. 그때 나타난 여인이 베아트리체다. 싱클레어는 베아트리체에 빠져들고 그녀의 초상화를 그리기 시작한다. 초상화의 인물은 완성해갈수록 데미안을 닮아간다. 그리고 얼마 후 싱클레어는 오르간 연주자 피스토리우스를 만나게 되고, 그에게서 선과 악의 양면성을 지닌 신 '압락사스'에 대한 이야기를 듣는다.

제1차 세계대전이 터지자 싱클레어와 데미안은 군인이 되어 전쟁에 참전한다.……그리고 어느 날 아침 싱클레어는 심각한 부상을 입은 데미안의 죽음을 목격한다. 죽기 전 데미안이 남긴 "내가 필요할 때가 오면 내면에 귀를 기울여라" 라는 말을 떠올리며 싱클레어는 자신이 또 다른 데미안이 되어가고 있음을 깨닫는다.

소설 『데미안』에서 '압락사스'는 매우 중요한 개념이다. 데미안이 싱클레어의 책에 꽂아준 편지의 한 구절은 전 세계 젊은이들의 머릿속에 각인된 채 무한히 확장되는 유명한 텍스트다.

"새는 알에서 나오려고 투쟁한다. 알은 세계이다. 태어나려는 자는 하나의 세계를 깨뜨려야 한다. 새는 신에게로 날아간다. 신의 이름은 압락사스이다."

압락사스는 삶과 죽음, 참과 거짓, 저주와 축복, 빛과 어둠을 통찰하는 하나의 신성이다. 즉 인간이 살아가야 하는 세상의 모든 특징을 한 몸에 지닌 상징이다. 싱클레어는 알을 깨고 나와 자기 자신을 비롯한 세상과 마주한다. ……

세월이 흘러 나이를 먹고 오랜만에 『데미안』을 뒤적거리니 아주 오래된 질문 하나가 떠오른다. 알을 깨고 나온 싱클레어는 어떻게 중년이 되고 늙어갔을까? 그리고 그는 과연 행복했을까?

이 글은 헤르만 헤세의 소설 『데미안』에 대한 짧은 서평에 해당하는 허연의 「청춘 소설의 위대한 바이블」이다. 허연은 이 글에서 청소년기에 가장 널리 읽히는 소설이라 할 수 있는 『데미안』의 줄거리를 요약하고, 이 소설에서 가장 유명한 구절도 인용한다. 그런데 이 짧은 서평의 마무리 단락에서 허연은 오래된 질문 두 가지를 떠올린다. "알을 깨고 나온 싱클레어는 어떻게 중년이 되고 늙어갔을까? 그리고 그는 과연 행복했을까?" 자신의 생각으로 글을 마무리하기보다는 질문을 던지고, 독자들과 함께 답을 찾아나가려 하는 것이다.

사실 싱클레어는 헤세가 만든 가상의 존재다. 알이니, 압락사스니 하는 것들도 모두 헤세의 개인적 상징일 뿐이다. 당연히 허연이 던진 두 가지 질문은 실제 세계에서는 절대로 답하기 힘든 모호성을 갖고 있다.

허연은 이 '마무리하지 않는 마무리' 단락에서 우리의 이성이 닿지 않는 영적 존재의 음성을 듣고 싶은 욕망을 두 질문으로 표현했는지도 모르겠다. 질문이란 정답을 얻기 위해서만 던지는 것은 아니다. 청소년 시절 '데미안병'을 오랫동안 앓았던 그가 지금 중년의 나이에 다시 데미안병을 앓기 시작한 것일까? 그래서 『데미안』에 대한 서평을 인간의 세속적 언어로는 절대로 마무리 지을 수 없었던 것일까?

여러 편의 글을 써서 책을 내거나 다양한 문서를 만들 때, 글 한 편의 마무리 단락이 '마무리하지 않는 마무리'가 되는 경우를 살펴보자. 우리가 읽거나 쓰는 글들 중 대부분은 섬처럼 고

립되어 있지 않고, 다른 글들과 연관되어 있다.

성격 특성 가운데 높은 외향성과 낮은 신경증적 성향처럼 행복과 밀접한 상관관계를 가진 특성은 부분적으로는 타고나는 것이어서 별로 바뀌지 않는다. 우리의 행복 수준은 우리 유전자에 어느 정도 책임이 있다. 쌍둥이에 대한 연구가 이를 입증한다. 1988년에 미네소타대학의 데이비드 리켄과 오크 켈리전이 수행한 연구도 그 가운데 하나다. 그들은 일란성 쌍둥이의 행복 수준은 거의 비슷한 반면 이란성 쌍둥이의 행복 수준은 유사성이 거의 없다는 사실을 발견했다.

하지만 후천적으로 경험하는 주변 환경도 행복 수준에 영향을 미친다. 예를 들어 레저 그룹과 일터에서 긍정적인 경험을 하면 오랫동안 행복이 늘어난다. 환경보다는 타고난 성격이 행복에 더 큰 영향을 미치지만, 행복은 성격과 환경이 합작하여 만들어내는 결과다. 성격과 환경 사이에는 상호작용이 존재한다. 예를 들면 우리는 환경의 여러 측면 가운데 유쾌한 측면을 선택하고 불쾌한 측면은 피할 수 있다.

다음에는 나이·성별·계층처럼 신상과 관련된 변수, 재산이나 외모 같은 자산, 대인관계나 여가활동 같은 생활양식이 행복에 미치는 영향을 좀더 자세히 살펴보겠다.

영국의 심리학자 마이클 아가일의 '천성과 환경'은 『행복에 대한 거의 모든 것들』의 11장 「누가 행복한 사람인가: 20세기, 성격의 행복론」의 마지막 꼭지에 해당하는 글이다. 11장은 제목 그대로 타고난 성격에 의해 행복 수준이 어느 정도 결정된다는 내용을 담고 있다. 우리는 여기서 12장은 어떤 글인지 알아둘 필요가 있다. 12장은 제목(「행운과 불운, 운명의 수레바퀴: 사건과 환경에서 발생하는 행복」) 그대로 인생에서 겪게 되는 사건이나 환경이 행복 수준을 어느 정도 결정한다는 내용을 담고 있다.

다시 '천성과 환경'으로 돌아오자. 마이클 아가일은 이 글의 첫 번째 단락에서 유전적으로 타고난 성격에 따라 행복 수준이 어느 정도 결정된다는 점을 인정한다. 두 번째 단락에서는 후천적으로 경험하는 주변 환경도 무시할 수 없다고 쓰고 있다. 그런데 '천성과 환경'이 속해 있는 11장에는 두 번째 단락에서 언급하고 있는 내용에 대한 논의가 없다. 그 내용에 대해서는 12장에서 논의할 것이기 때문이다.

이제야 우리는 '천성과 환경'의 마지막 단락이 왜 '마무리하지 않는 마무리'의 방식을 취했는지 알 수 있다. 이 단락은 11장의 마무리이기도 하지만, 12장의 도입부이기도 한 것이다. 제법 많은 경우에 글은 또 다른 글로 이어지니, 그 매듭에 해당하는 단락은 결코 '마무리'이기만 할 수는 없다.

우리는 '마무리하지 않는 마무리' 단락을 쓰는 방법의 두 가지 예를 살펴보았다. 하나는 질문을 던지며 마무리하는 방법이었고, 하나는 이 글에서 다루지 못한 내용을 다른 글에서 다룰 것이라고 언급하는 방법이었다. 첫 번째 방법이 수사적인 반면, 두 번째 방법은 도식적이다. 첫 번째 방법이 독자의 상상력을 촉발하는 반면, 두 번째 방법은 지하철 안내 방송 같은 무뚝뚝한 친절함이 있다.

두 번째는 몰라도, 첫 번째는 글쓰기 초심자가 구사하기에 벅찬 방법이다. 수사 능력이 떨어질 경우, 글이 유치해지거나 모호해지는 결과를 초래할 수 있기 때문이다. 하지만 언제나 그렇듯, 초심자는 잃을 것이 없다. 평소에 글을 접할 때, 질문을 던지는 '마무리하지 않는 마무리' 단락을 만나면 눈여겨보아 두었다가 실제로 마무리 단락을 쓸 때 적절하게 흉내내 보는 것이 좋다.

21세기를 살아가고 있는 현재는 어떨까? 이성 만능주의에 빠졌던 과거를 극복하고 정신과 육체, 의식과 무의식, 이성과 욕망을 하나로 조화시키고자 하고 있을까? 아니면 여전히 욕망과 이성을 물과 기름처럼 융화될 수 없는 적대적인 요소로 파악하고 있을까?

합리적 절차는 풍요롭고 투명하며 정의로운 세상을 만들어준다. 그러나 절대 가치가 제공해주던 '삶의 의미'는 채워주지 못하는 듯하다. 우리에게는 올곧은 절차뿐 아니라 삶을 다잡아줄 가치도 필요하다. 가치는 사라지고 절차만 남은 현대 문명 속에서 삶을 다잡아줄 그 의미는 어디서 찾을 수 있을까?

그대를 향해 묻는다. "만약 사랑이 슬픈 것이라면 왜 사랑의 고통은 달콤한 것일까? 만약 사랑이 달콤한 것이라면 왜 그토록 또한 잔인한 것일까? 만약 잔인하다면 왜 사람들은 사랑을 원할까?"

질문을 던지며 '마무리하지 않는 마무리' 단락을 쓰는 일은 수사적이며 독자의 상상력을 촉발한다. 다만 모든 질문이 그런 것은 아니다. 질문 중에는 대답하기 싫은, 혹은 대답할 가치가 없는 질문도 많다. 독자에게 감동을 주지도 못하고, 상상력을 촉발하지도 못하는 질문이 아니라, 그야말로 정곡을 찌르는 질문을 던지는 능력이 중요하다.

한 단락이나 한 편의 짧은 글에 뭔가 대단한 것을 담을 수는 없다. 글을 마무리하는 시점에서는 자신이 무슨 내용을 어떤 방법으로 이 부족한 글 속에 담았는지 겸손하게 되돌아보아야 한다. 다른 글에서 다시 논의되어야 할 것 같으면 그러겠노라고 약속하고, 변변치 못한 글을 이렇듯 성의 없이 마무리하는 일이 부끄러우면 독자들의 도움을 청해야 할 것이다.

다른 글에서 다시 논의하겠다고 약속했으면(마음속으로든 구체적인 글로든) 반드시 그 약속을 지켜야 할 것이고, 질문을 던지며 독자들의 도움을 청하려 했으면, 독자들의 목소리에 귀를 기울여야 할 것이다. 섣부른 공약空約을 남발하며 자신의 열정을 과시하고, 인생이나 세상의 비밀스러운 진리를 자신만이 엿본 듯 부적절하고 교만한 질문을 던지며 보잘것없는 글을 명문名文인 양 포장해서는 안 된다.

그리하여 '마무리하지 않는 마무리'가 '차마 마무리하지 못하는 마무리'가 될 때, 우리는 비로소 글을 진정으로 마무리하는 것이요, 그렇듯 마무리된 글들이 차곡차곡 쌓이면서 우리는 글쟁이다운 글쟁이에 이르는 한 발자국을 내딛게 되는 것이다.

참고문헌

강신주, 『철학이 필요한 시간』(사계절, 2011).

강준만, 『세계 문화의 겉과 속』(인물과사상사, 2012).

구본준, 『한국의 글쟁이들』(한겨레출판, 2008).

국립국어연구원, 『우리 문화 길라잡이』(학고재, 2002).

권오길, 『권오길의 괴짜 생물 이야기』(을유문화사, 2012).

김성우, 『명문장의 조건』(한길사, 2012).

김수열, 『바람의 목례』(애지, 2006).

남경태, 『시사에 훤해지는 역사』(메디치미디어, 2013).

도종환, 『마음의 쉼표』(프레시안북, 2010).

박홍순, 『미술관 옆 인문학』(서해문집, 2011).

226

버트런드 러셀, 송은경 옮김, 『게으름에 대한 찬양』(사회평론, 2005).

─────────, 송은경 옮김, 『런던통신 1931~1935』(사회평론, 2011).

서정주, 『미당 서정주』(문학사상사, 2002).

손철주, 『그림 아는 만큼 보인다』(생각의나무, 2006).

송수권 · 안도현 엮음, 『연탄 한 장』(비앤엠, 2006).

스튜어트 메크리디 엮음, 김석희 옮김, 『행복에 대한 거의 모든 것들』(휴머니스트, 2010).

신정일, 『풍류』(한얼미디어, 2007).

아사다 지로, 양윤옥 옮김, 『철도원』(문학동네, 1999).

안광복, 『철학에게 미래를 묻다』(휴머니스트, 2012).

안도현, 『가슴으로도 쓰고 손끝으로도 써라』(한겨레출판, 2009).

앙리 프레데릭 아미엘, 김욱 옮김, 『아미엘의 일기』(바움, 2004).

앤서니 그레일링, 윤길순 옮김, 『새 인문학 사전』(웅진지식하우스, 2010).

─────────, 윤길순 옮김, 『우리가 일상에서 부딪히는 철학적 질문들』(블루엘리펀트, 2013).

에른스트 페터 피셔, 전대호 옮김, 『과학을 배반하는 과학』(해나무, 2009).

에릭 메택시스, 김은홍 옮김, 『어메이징 그레이스』(국제제자훈련원, 2008).

윌리엄 진서, 이한중 옮김, 『글쓰기 생각쓰기』(돌베개, 2007).

유시민, 『후불제 민주주의』(돌베개, 2009).

이광식, 『십대, 별과 우주를 사색해야 하는 이유』(더숲, 2013).

이성재, 『지식인』(책세상, 2012).

이소라, 『그림으로 읽는 생생 심리학』(그리고책, 2008).

이은희, 『과학 읽어주는 여자』(명진출판, 2003).

장 앙리 파브르, 추둘란 풀어씀, 『파브르 식물 이야기』(사계절, 2011).

장덕순 외, 『구비문학개설』(일조각, 1987).

정민, 『일침』(김영사, 2012).

정옥자, 『오늘이 역사다』(현암사, 2004).

정윤수, 『문화예술 100과 사전』(숨비소리, 2007).

정재승·전희주, 『정재승의 도전 무한지식 1』(달, 2008).

정재승·진중권, 『크로스 1』(웅진지식하우스, 2009).

정제원, 『교양인의 행복한 책읽기』(베이직북스, 2010).

———, 『죽도록 공부해도 죽지 않는다』(평단문화사, 2010).

정제한, 『설명문 쓰기의 이론과 실제』(박이정출판사, 1998).

조정육, 『그림 공부, 사람 공부』(앨리스, 2009).

존 바에즈, 이운경 옮김, 『존 바에즈 자서전』(삼천리, 2012).

주경철, 『테이레시아스의 역사』(산처럼, 2002).

———, 『히스토리아』(산처럼, 2012).

줄리아 카메론, 조한나 옮김, 『나를 치유하는 글쓰기』(이다미디어, 2013).

진중권, 『생각의 지도』(천년의상상, 2012).

찰리 채플린, 이현 옮김, 『찰리 채플린 나의 자서전』(김영사, 2007).

최재천, 『통찰』(이음, 2012).

크리스토프 라무르, 고아침 옮김, 『걷기의 철학』(개마고원, 2007).

테드 굿맨 엮음, 김세진 외 옮김, 『포브스 명언집』(현대경제연구원BOOKS, 2009).

토머스 J. 크로웰, 박우정 옮김, 『역사를 수놓은 발명 250가지』(현암사, 2011).

펠리페 페르난데스 아르메스토, 안정희 옮김, 『세계를 바꾼 아이디어』(사이언스북스, 2004).

표정훈, 『철학을 켜다』(을유문화사, 2013).

─────, 『탐서주의자의 책』(마음산책, 2004).

하버드 인디펜던트, 박미영 옮김, 『미국 명문대 입학 에세이 모범답안 100선』(크림슨, 2009).

한국철학사상연구회, 『철학, 삶을 묻다』(동녘, 2009).

허연, 『고전 탐닉』(마음산책, 2011).

헨드릭 빌렘 반 룬, 이덕렬 옮김, 『반 룬의 예술사 이야기』(들녘, 2000).

홍성욱, 『홍성욱의 과학 에세이』(동아시아, 2008).

작가 찾아보기

작가 찾아보기 231

작가처럼
써라

ⓒ 정제원, 2014

초판 1쇄 2014년 7월 7일 찍음
초판 1쇄 2014년 7월 11일 펴냄

지은이 | 정제원
펴낸이 | 강준우
기획 · 편집 | 박상문, 안재영, 박지석, 김환표
디자인 | 이은혜, 최진영
마케팅 | 이태준, 박상철
인쇄 · 제본 | 대정인쇄공사

펴낸곳 | 인물과사상사
출판등록 | 제17-204호 1998년 3월 11일

주소 | (121-839) 서울시 마포구 서교동 392-4 삼양E&R빌딩 2층
전화 | 02-325-6364
팩스 | 02-474-1413
www.inmul.co.kr | insa@inmul.co.kr

ISBN 978-89-5906-261-4 03800
값 13,000원

이 도서의 국립중앙도서관 출판시도서목록(CIP)은 서지정보유통지원시스템 홈페이지(http://seoji.nl.go.kr)와
국가자료공동목록시스템(http://www.nl.go.kr/kolisnet)에서 이용하실 수 있습니다.
(CIP제어번호 : CIP2014020157)